TRADUÇÃO: HENRIQUE JÚDICE MAGALHÃES

A AGULHA NO PALHEIRO

ERNESTO MALLO

LETRAMENTO

Copyright da tradução © 2017 by Editora Letramento
Copyright ©, Ernesto Mallo All rights reserved
Título Original: La aguja en el pajar

Diretor Editorial | Gustavo Abreu
Diretor Administrativo | Júnior Gaudereto
Diretor Financeiro | Cláudio Macedo
Logística | Vinícius Santiago
Tradução | Henrique Júdice Magalhães
Revisão | Henrique Júdice Magalhães
Capa | Luís Otávio
Projeto Gráfico e Diagramação | Luís Otávio

Todos os direitos reservados.
Não é permitida a reprodução desta obra sem
aprovação do Grupo Editorial Letramento.

Dados Internacionais de Catalogação na Publicação (CIP)
Bibliotecária Juliana Farias Motta CRB7/5880

Referência para citação
MALLO, E. E. Agulha no palheiro.Belo Horizonte(MG): Letramento,2017.

M255a Mallo, Ernesto, 1948-

Agulha no palheiro / Ernesto M. Mallo; Tradução Henrique Júdice Magalhães . -- Belo Horizonte(MG): Letramento, 2017.

208 p.; 21 cm.

Inclui referências

ISBN: 978-85-9530-029-3

Título original: La aguja en el pajar

1. Romance argetino.I. Magalhães, Henrique Júdice. II. Título.

CDD Ar863

Belo Horizonte - MG
Rua Cláudio Manoel, 713
Funcionários
CEP 30140-100
Fone 31 3327-5771
contato@editoraletramento.com.br
editoraletramento.com.br

Grupo
Editorial
LETRAMENTO

Amanhã ou depois, virá a catástrofe, nos afogando em sangue, se não estivermos já reduzidos a cinzas. Todos têm medo; eu também: à noite, não durmo, dominado pelo terror, e nada funciona, só temos o medo… O que faz, então, o comissário Bauer? Faz seu trabalho, tentando criar um pouco de ordem e sensatez onde só há caos e desintegração sem remédio. Mas não estou só…

Ingmar Bergman, *O ovo da serpente*

1

Eu sei que é preciso matar,
Mas quem?...

Homero Expósito, 1976

Há dias em que a beira da cama é um abismo de quinhentos metros. A contínua repetição de coisas que não queremos fazer. Lascano queria ficar na cama para sempre ou se atirar nesse abismo. Se o abismo fosse real. Mas não é. Real, só a dor.

Assim se sente Lascano nesta e em todas as manhãs, desde a morte de sua esposa. Órfão ainda criança, parecia predestinado à solidão. Marisa foi uma trégua de oito anos que a vida lhe deu, motivo para continuar vivendo, recreio fugaz que chegou ao fim há menos de um ano, deixando-o varado novamente nos baixios de uma ilha onde ganhou, com méritos, sua alcunha: Cachorro.

Lança-se ao vazio. O chuveiro lava os restos do sono que se vão, uivando, pelo ralo. Veste-se, encaixa a Bersa Thunder 9 milímetros no coldre axilar. Aproxima-se da gaiola, habitat do pássaro, que é só o que resta vivo de Marisa, e acrescenta uma pitada de ração ao comedouro. Sai na madrugada deserta. Ainda não amanhece. A umidade é tanta que poderia – sente – ir nadando até seu carro. Luzes e sombras projetam espectros na névoa que tudo envolve. Acende o primeiro cigarro do dia.

À medida que avança, delineia-se, na esquina, a operação. Dois Bedford verde-oliva do Exército obstruem a entrada da rua. Soldados com FAL e metralhadoras. Um ônibus de linha com suas portas abertas. Sobre a traseira, de costas para o efetivo militar, com as mãos para cima, todos os passageiros aguardam em silêncio a vez de ser apalpados e logo interrogados por um tenente com cara de menino feroz.

Lascano atravessa, indiferente. Um recruta olha para seu tenente como que esperando uma ordem que não vem, e olha para Lascano. Este responde com um olhar de comando, reto, bem dentro dos olhos, que o faz baixar os seus. Lentamente, o amanhecer alça voo. Pouco antes de chegar à garagem, os caminhões militares passam a seu lado. No primeiro, levam um rapaz e uma moça com vestido floreado, que pode muito bem ter a idade de Marisa quando ele a conheceu. Dirige-lhe um olhar de desespero fugaz que lhe arrepia a coluna como se lhe houvessem aplicado um choque de duzentos e vinte, e a neblina a engole. Lascano embica para a negra entrada da garagem. Começa o dia.

A rampa o faz lembrar, um por um, todos os cigarros que fumou. Enquanto o motor do Falcon esquenta, acende o segundo e pega o radiotransmissor.

Quinze para base. Câmbio. Au, au. Câmbio. Acordamos fazendo graça. Câmbio. Se tivesse passado toda a noite aqui, você também estaria fazendo graça, Cachorro. Câmbio. O que há? Câmbio. Tem que se apresentar no Riachuelo. Câmbio. Onde? Câmbio. Avenida 27 de Fevereiro, em frente ao lago do Autódromo. Câmbio. E? Câmbio. Investigue dois corpos jogados perto do acostamento. Câmbio. Não será um traslado[1]? Câmbio. Não sei, se vira. Câmbio. Estou indo. Câmbio e tchau.

A primeira sempre canta um pouco, cada vez mais.

Um dia destes, terei que levá-lo para arrumarem as varetas antes que me deixe parado num lugar qualquer.

O diálogo deixa-o de mal humor.

À sua esquerda, das águas do Riachuelo, ergue-se uma bruma química que corrompe o ambiente. Dirige de janela aberta, como se quisesse castigar a si próprio com a pestilência que brota do rio. Através do para-brisa, a paisagem se difumina e reaparece ao ritmo dos limpadores. O rádio está em silêncio; a avenida, deserta. As rodas, girando sobre o macadame, devolvem um tac tac monótono, um tanto ferroviário. Adiante, um movimento interrompe a letar-

---

[1] No contexto da ditadura argentina de 1976-83, sinônimo de ou eufemismo para execução pelas forças repressivas (Nota do tradutor).

gia. À esquerda, uma Rural Falcon vira em U. Tem uma marca de batida na porta e o acrílico das luzes de posição do lado direito está quebrado. Dá luz branca em vez da vermelha regulamentar. Tira o pé do acelerador. A Rural entra na mesma pista e se distancia a toda velocidade. Chega ao lugar de onde saiu. Há uma choça de lata e um rastro na terra entre a pastagem manchada. Mete-se por ali alguns metros. Volumes no solo. Detém a marcha, puxa o freio de mão, desce e os vê: são três cadáveres. Acende o terceiro cigarro. Se aproxima. Dois dos corpos estão úmidos do orvalho. Têm as feições apagadas por uma infinidade de balaços. Os crânios destroçados. Contém o estômago. Nota que se trata de uma moça e um rapaz jovens, que vestem jeans e pulôveres de gola alta. O terceiro é um homem alto, como de sessenta anos, fornido, barrigudo, poucos cabelos grisalhos, veste terno preto e gravata, está seco e tem um grito selvagem que a morte lhe congelou na boca. Não usa cinto. Sua cabeça está intacta. À altura do estômago, uma grande mancha de sangue lhe desenha uma flor na camisa azul-celeste. Muito perto, há um pedaço de acrílico vermelho que recolhe, examina e guarda. Acende o quarto cigarro e regressa lentamente ao automóvel. Pelo caminho, encontra o cinto que, sem dúvida, pertenceu ao morto. A fivela está quebrada. Enrola-o em sua mão. Senta-se com as pernas para fora. Pega o microfone.

Quinze para base. Câmbio. Já está aí? Câmbio. Quantos mortos você disse? Câmbio. Dois. Câmbio. Me manda o rabecão, vou levá-los para a Viamonte[2]. Câmbio. Já te mando. Câmbio. Vou esperar. Câmbio e fora.

Se deixa cair no assento. Termina o cigarro e o atira pela janela aberta. Começa a chover. Recompõe-se, pega o volante. Põe o motor em marcha e retrocede até a avenida para fazer-se visível à ambulância. Aguarda. Passa um caminhão frigorífico. Recorda umas palavras de Fuseli:

Da morte de um filho, ninguém se cura nunca, é algo com que se há de viver para sempre.

Por experiência, Fuseli sabe muito bem do que está falando. O comentário chamou a atenção de Lascano porque seu amigo teve o

---

2   Rua da cidade de Buenos Aires onde se localiza o necrotério judicial (N do T).

cuidado de não lhe revelar que, ao morrer, Marisa estava grávida de dois meses. Nunca mais tornaram a falar de filhos mortos. Sabem que essa cicatriz está ali dentro e não sentem nenhuma necessidade de lamber as feridas. Tanto ele como Lascano são dos que acreditam que os homens devem sofrer em silêncio. Conhece-o há muitos anos, mas nunca haviam falado de outra coisa além do trabalho. Ele é médico legista. Alguém realmente apaixonado por sua profissão. É baixo, gordinho, retaco, um pouco careca e usa brilhantina, seu avental está sempre impecável e tem toda a aparência de um senhor formal. É de uma severidade obsessiva na hora de descobrir os segredos de um cadáver. Fuseli fala com os mortos e eles respondem. Ninguém tem olhos como os seus para ver detalhes mínimos, nem sua paciência para passar uma noite inteira destrinchando um cadáver. No entanto, ao saber da morte de Marisa, largou tudo e foi acompanhar Lascano ao cemitério de La Tablada[3].

Ao longe, começam a relampejar as luzes da ambulância[4].

O Cachorro estava abatido demais para se surpreender. Aceitou como um maná seu abraço desinteressado e suas poucas e certeiras palavras. Amigos desde então, sem se julgarem, sem competir. Naquele momento, no desespero; mas também nas escassas alegrias. Os une, ademais, o fato de que ambos usam a férrea concentração no trabalho como um placebo. Ainda que tampouco falem muito disso, é naturalmente assim. Talvez a verdadeira amizade se expresse melhor no que se cala que no que se diz.

Quando chega o furgão, Lascano aponta o lugar ao qual deve se dirigir, caminha pausadamente atrás dele e diz ao motorista e ao enfermeiro que levem os cadáveres. Torna a inspecionar o corpo gordo. Revista-lhe os bolsos e só encontra umas poucas moedas e um cartão: Serraria La Fortuna, com endereço em Benavídez, perto de Tigre. Se afasta para que o enfermeiro o carregue na maca. Sobe em seu carro, arranca e, em pouco tempo, está atrás da ambulância.

MANTENHA DISTÂNCIA.

---

3 Cemitério judaico da capital argentina (N do T).
4 Na Argentina, as ambulâncias podem transportar cadáveres (N do T).

Favorecidos pelo escasso trânsito do horário, ingressam, em poucos minutos, no pátio da Morgue. Enquanto descem os corpos, vai ao encontro de seu amigo Fuseli, na sala de operações. Concentrado em seu microscópio, não percebe sua presença.

Fuseli. Não são tempos para andar tão distraído. Não vá te acontecer o mesmo que com Arquimedes[5]. Cachorro! O que faz por aqui? Te trouxe uns presentinhos para você não ficar entediado. O que me trouxe?

Os maqueiros depositam os corpos nas mesas de dissecção e saem. Fuseli se aproxima do homem gordo. Lascano acende um cigarro.

Cadê a Polaroid? Aí, no gabinete.

Lascano vai até o móvel e pega a câmera. Fuseli examina detidamente o cadáver.

Tem filme? Creio que sim. Os garotos foram fuzilados. Este aqui é diferente. Também achei. Olá, rapazote, vai me contar seus segredos?

Fuseli pega a cabeça do morto e acomoda-a. Lascano ergue a Polaroid e aperta o botão vermelho. Com um zumbido, a câmera expulsa a foto para revelá-la. Lascano a abana.

Você está cada dia mais louco. Até um criminoso de quinta sabe que os mortos não falam. Isso é porque os criminosos são muito ignorantes. Os mortos falam a quem sabe ouvi-los. Além do mais, existe gente que fala com as plantas. Tchê, este aparelho funciona? Não saiu nada. Tenta de novo.

Fuseli torna a acomodar a cabeça, Lascano tira outra foto.

O que acha?

Fuseli revisa atentamente as mãos do cadáver.

Este deu trabalho. Acha que foi plantado? O que você acha? Que se pendurarmos umas guirlandas, vira uma árvore de natal. Os fuzilados sempre aparecem com a cabeça destroçada. A do velho está intacta. A não ser por estes golpes. Mas tenho a impressão de que foram dados quando já era presunto.

---

5 Arquimedes de Siracusa (287-212 a.C.), matemático grego, teria morrido enquanto contemplava, absorto, uma figura geométrica durante a invasão romana a sua cidade. Tal versão tem variações (N do T).

Lascano observa a placa. Como que regressando do além, o retrato do morto começa a se delinear.

Me parece que este aqui, mataram em outro lugar. O que mais pode me dizer? Vem amanhã e te conto. Feito. Tchê, por que não me consegue um pouco de erva com os teus amigos da Tóxi? Continua queimando fumo? Não tem vergonha, velho e hippie? Tenho, mas fumo um baseado e logo passa. Vou ver o que consigo. O cérebro agradece. Vamos ver, rapaz, por onde foi?... hmmm, aqui está o furinho, por aqui te entrou a morte e te escapou a vida...

Fuseli entra num estado de graça no qual o mundo desaparece, deixando-o totalmente absorto em seu trabalho, submerso em sua íntima relação com os mortos. Lascano deixa a sala em silêncio. Uma brisa leve mas constante está limpando o céu e um solzinho de inverno se infiltra, lentamente, entre as nuvens. A manhã promete, pensa, enquanto aguarda sobre a calçada que algum motorista se digne a lhe dar passagem para sair do pátio da Morgue.

2

A sala está em penumbra. A única luz procede da lâmpada tênue da iluminação pública, que bruxuleia embalada pelo vento e projeta a sombra de Amancio sucessivamente sobre o teto, as paredes, a biblioteca. Junto à janela, bebe seu quinto whisky. Queria – crê que deveria – estar tomando Ballantine's ou Johnie Walker Black Label, mas tem que se contentar com um Old Smuggler, pois Amancio já não é o que era, ou já não tem o que tinha, o que vem a dar no mesmo. Por isso, bebe com raiva.

São mais de duas da madrugada e, há três horas, Lara dorme, o que implica um alívio, uma trégua em suas contínuas reclamações. Mas também é uma afronta a suas expectativas de companhia, de compreensão, de apoio, bah, de sexo. Lara só sabe exigir; se não há algo em troca, nada tem a ofertar.

Embaixo, o exército acaba de montar um ferrolho. Deixaram um jipe atravessado na entrada da rua. Dois fardados se postam com metralhadoras nas esquinas, entre as sombras. Outros três se colocam alguns metros atrás, e mais três detêm os veículos que passam. Vasculham-nos, separam seus ocupantes, exigem-lhes documentos e assim, em separado, lhes fazem uma infinidade de perguntas. Estão à caça de contradições, armas, indícios, o que for. A mínima suspeita os levará, no caminhão estacionado ali perto, a um interrogatório mais profundo, mais aflitivo, em algum dos muitos cativeiros disseminados pela cidade. Amancio se descobre desejoso de presenciar uma detenção. Se sente como o espectador de circo, ansioso para ver como cai o equilibrista. O tempo passa, mas não acontece nada. As ruas estão vazias; os militares, treinados para a ação, se entediam, se distraem, até que a aproximação de um automóvel os põe alertas. Então, dirigem os canos de suas armas às cabeças dos cidadãos, tensionam os dedos sobre os gatilhos e têm medo, e o medo é o pão do soldado.

Amâncio termina seu copo num trago, violentamente, como se quisesse se ferir com essa bebida barata e áspera à qual seu paladar começa a se acostumar, e se serve outro.

Um tanto alcoolizado, passa em revista seus troféus e quadros com cenas de caça. Tem saudades de seu passado triunfal, brandindo orgulhoso o fuzil, a culatra apoiada na coxa e o pé sobre os chifres de um monumental búfalo-cafre. Encantava-lhe a sensação de poder que lhe causava matar essas bestas enormes. A seu lado, seu amigo Martínez de Hoz[6]. De cócoras, o guia, um negrinho todo olhos e dentes. Amancio é um atirador de excelente pontaria; é sua habilidade mais notável, talvez a única. Tem saudades do papel de *white hunter*, da capacidade de dilapidar um milhão num safári no delta do Okavango, do esplendor perdido, porque, hoje, a economia de Amancio vem desmoronando com efeito bola de neve. Não sabe, nunca lhe ensinaram nem aprendeu a ganhar, só a gastar. Péssimo estudante sob a tutela irresponsável de seu pai, de quem herdou a sensação de ter a vida comprada e, como os mandarins chineses, as mãos atadas. O trabalho não foi feito para eles. Os distantes ancestrais haviam feito fortuna se apropriando de terras devolutas durante a campanha do deserto do general Roca[7]. Hoje, como ontem, as forças armadas vêm assegurar um princípio inamovível; defender o bem é defender os bens. O sacrifício, o massacre de mil índios por dia não lhe parece um preço excessivo por três ou quatro gerações de famílias ricas. Seu avô foi um dos que viajavam à Europa levando no navio sua própria vaca para que as crianças tivessem leite fresco e, dissimulada entre os passageiros de outra classe, a amante que cumpriria as funções que incomodavam a esposa patrícia para quem o sexo era coisa de operários. Nos salões de Paris, cunhou-se a expressão "rico como um argentino". A infância de fartura, os verões em Rauch: dez mil hectares da melhor terra do país. A tradição dos herdeiros

---

6   Antiga família da oligarquia agropecuária argentina. Um de seus integrantes, José Alfredo, era, no contexto desta novela, ministro da Economia, cargo que desempenhou de 1976 a 1981 (N do T).

7   Realizada entre 1878 e 1885, a campanha do deserto, comandada por Julio A. Roca, consistiu na tomada de enormes extensões de terra de povos indígenas e sua posterior cessão, pelo Estado, a famílias latifundiárias (N do T).

fazia cair dinheiro do céu à medida que os parentes ascendiam a ele. Tudo era viajar, exibir-se nos salões, fazer-se acompanhar de jovens charmosíssimas e lânguidas, fofocar sobre os *parvenus* e os empobrecidos, fazer troça dos novos ricos, desprezar a pobreza, debochar dos últimos escândalos e se divertir com as excentricidades de um Beccar Varela, de um Pereyra Iraola[8]. Mas as sucessões dividem as herdades e a falta de ocupação é muito dispendiosa, sobretudo para quem está acostumado ao caro, ao fino, ao importado e carece de aptidão para se privar e para multiplicar. De toda essa afluência, já não resta, hoje, quase nada. Dos campos intermináveis, só lhe resta a sede de La Rencorosa[9]. Jardins e flores, árvores de duzentos anos, *sudan grass*, o estábulo onde dorme uma dupla de pangarés, meia dúzia de galinhas que sobrevivem à desídia de seu amo e um trator em desuso. O casarão ocre, amplo e fresco; a varanda com poltronas, os canteiros impecáveis, terminaram confinados em cinco hectares. Isso é tudo o que lhe deixaram o desperdício, as sucessivas hipotecas, as divisões, a venda de parcelas em lotes. O gasto necessariamente se reduz, mas não cessa, como tampouco os juros, as multas, as penalidades. Na esteira de um sobrenome de prestígio, fluem os empréstimos, vindos dos novos-ricos que perseguem a oportunidade de haver-se com as propriedades tocadas pela aura dos grã-finos. À medida que o capital diminui, a torneira vai se fechando. Amancio é um protótipo dessa trajetória, mas sua personalidade colérica e agressiva não lhe permite assumir senão com rancor sua situação, como uma rasteira da vida, que põe fortunas nas mãos de uns pés-rapados de alma tirando-as de quem, por questão de berço, as merece. Daquela riqueza não lhe resta mais que o jeito despachado do Bairro Norte, o entono e a soberba. Quando se nasce para rico, a pobreza se vive como uma injustiça. Cada um deve ter o que merece. E ele acredita merecer uma vida melhor, não essa. Pensa no que fará amanhã, e amanhã é Biterman, o agiota. Terá que ir vê-lo em seu escritório no bairro do Once, onde manipula milhões. Terá que se rebaixar a pedir emprestado ao judeu, a aceitar suas condições, a sentir sua dependência e sua sensação de inferioridade. Ontem mesmo, para não ir mais longe, o banco lhe negou um aumento do giro a desco-

---

8   Famílias da oligarquia agropecuária argentina (N do T).

9   "A Rancorosa", em português (N do T).

berto apesar de o presidente não ser outro senão Mariano Álzaga, seu primo e colega do Saint Andrew's[10]. Amancio não tem sequer para pagar o táxi até o usurário. Outro whisky e a garrafa termina. Está completamente bêbado. Embaixo, os soldados detiveram um Fiat 1500, do qual fizeram descer dois rapazes.

O estupendo corpo de Lara dorme tranquilo. Ela é jovem, belíssima numa família famosa por suas mulheres, joias nos salões da mansão da rua Alvear. Os Cernadas-Bauer também escorregaram pelo tobogã da bancarrota, mas aquelas mulheres não são apenas formosas: são também práticas, pois, em sua árvore genealógica, a soberba seiva galega se mesclou com sangue alemão. Daí os olhos verdes implacáveis, as loiras cabeleiras e o dinamismo empreendedor. Sua irmã instalou uma imobiliária e se valeu das relações familiares. O balanço de seu corpo, seus infantilismos e sua teatralização de menina de família e disposta seduzem compradores e vendedores, aumentam sua clientela e suas comissões. Sem ficar rica com isso, construiu para si uma boa vida ao preço de um esforçado trabalho no cenário da compra e venda. Lara, por sua vez, com um espírito mais fogoso porém menos ordenado, tomou o caminho mais curto. Depois de vários *affaires* com homens e mulheres do *jet set* em troca de favores e presentes, se deu conta de que seu nome começava a ser associado à prostituição de escol e era matéria-prima de boatos e mexericos. Aceitou uma colocação como secretária privada de um executivo de sobrenome polonês, educado na *Harvard School of Business*, que dirige com grande perícia a filial argentina da Exxon. Lara não tem aptidões nem formação para o trabalho, mas o polaco lhe deu o cargo de assessora geral, já que ela lhe supre, sem demasiado esforço, necessidades que sua própria esposa não está disposta a satisfazer. Os atores mudam, a tradição se mantém. Do salário dela, vivem ambos há vários meses. Amancio a conhece desde menina, quando alvoroçava os encontros na estância de seus pais, na dos pais dela ou nas de conhecidos em comum. Enquanto pôde, Amancio simulou boa posição. Dilapidou seus últimos pesos para conquistá-la e agradá-la. Um par de viagens pela Europa, indumentária e cosméticos caros, jantares e passeios terminaram por deixá-lo na

---

10 Colégio escocês situado na província de Buenos Aires. Mais antiga escola britânica na América do Sul (N do T).

ruína. Mas antes que a bancarrota se tornasse óbvia, Lara, seguindo o conselho de seu chefe, decidiu se casar com o sobrenome Pérez Lastra como uma maneira de espantar os rumores que circulavam pela Recoleta, Palermo Chico, a sede antiga e Las Lomas de San Isidro. Esse matrimônio tinha a vantagem de colocá-la na posição de casada e, enganou-se, de levar uma vida confortável ao preço de suportar seu consorte. Agora que a pátina da riqueza descascou, deixando expostos os sulcos e rachaduras de um tempo perdido, Lara busca, com crescente impaciência, uma saída honorável dessa união inconveniente. O Polaco tem cada dia mais problemas com sua mulher e, por consequência, com Lara. Já se vê no horizonte que o barco começa a inclinar.

Disfarçadamente, Amancio se dirige ao quarto de dormir. Sobre a cômoda, está a bolsa de Lara. Abre-a com muito cuidado. Tateando, localiza rapidamente a carteira. Na sombra, distingue três notas de dez mil pesos. Pega uma, enfia no bolso e devolve o restante. Regressa à sala, se serve com desgosto um conhaque e volta a seu posto na janela.

Os caminhões militares e os soldados já foram, o Fiat e seus ocupantes desapareceram. A rua está vazia e muda. A noite se prolonga, se escurece. Quem pode dorme.

3

Começou a soprar um vento irrefreável. Pelo céu, desfiando-se, correm, apressadas, umas quantas nuvens. O major Giribaldi passeia sua nervosa espera pelos jardins. Esta será a noite, lhe disseram. Crê que aqui está a chave para solucionar os problemas de Maisabé, sua mulher. Não tem mais que quarenta anos, mas, esta noite, se sente como de setenta. Está impaciente. Nos múltiplos bolsos da farda de combate, procura o cigarro que tomou de um recruta. Não fuma, mas, nessas situações, se fuma. Então, fuma. A lua surge por entre os galhos das tipuanas enormes da Luis Maria Campos. Giribaldi recorda uma lua igual, quatro anos atrás.

Ay, lunita tucumana[11], de mãos dadas com Maisabé, pela margem do rio, jurando-lhe amor eterno, qualquer coisa, com o propósito de levá-la para a cama. A conquista de Maisabé foi um intrincado caminho da igreja até sua casa todos os domingos; sua estratégia, tão oblíqua que não lhe tomou menos de seis meses – e o risco de perdê-la – tocar-lhe um peito pela primeira vez. Ela o deixava ir até certo ponto; logo, o detinha em seco, com mão firme, e ele já sabia que a Virgenzinha do Vale lhe havia atravessado o caminho e que não poderia continuar. As convicções católicas de Maisabé eram mais fortes que os calores que ele, com muito esforço, conseguia despertar nela. Atingiam sempre o mesmo ponto: ela ofegando, as faces fervendo, os peitos eriçados como aço e o "chega, Giri!" que lhe soava como advertência de campo minado. Em um ano, não conseguiu chegar mais longe. O altar se impunha ao desejo. Farto da masturbação e das mesticinhas do prostíbulo local, lhe propôs, naquela noite, com esta lua, casamento. Maisabé se emocionou até as lágrimas e aceitou logo em seguida. O militar avançou um pequeno

---

11 Em tradução literal, "luazinha tucumana", verso de uma canção de Atahualpa Yupanqui e Nenette (N do T).

passo em suas investidas. Com mão tênue, Maisabé mal lhe tocou o sexo ansioso e retirou-a de imediato, como um peixe assustado. Este foi todo o progresso que conseguiu com sua proposta. Primeiro, era preciso pedir sua mão aos pais dela e autorização a seus superiores. Depois, o vestido branco, a igreja, a festa… e depois sim, a entrega. Já transmutada em sua mulher, Giribaldi avançou abruptamente até a penetração. A coisa foi breve. Um rápido desafogo para ele e, para ela, o cumprimento de mais uma das muitas obrigações de mulher casada que assumira perante Deus. O noivo ficou semidesperto, se perguntando se tinha se casado para isso. Quando despertou, Maisabé, ajoelhada ao pé da cama, rezava. Imperativo, pegou-a pela mão, trouxe-a para perto de si e abraçou-a. Ela se agachou, olhou-o com seus olhos negros cheios de tristeza e se calou. A proximidade desse corpo novo que vinha ansiando havia tanto tempo, esse corpo adiado que estava tão quieto junto ao seu, começou a encher Giribaldi de emoção. Então, afastou-a de si o mais suavemente que pôde, virou-se e dormiu.

Seus encontros amorosos não têm a frequência nem a intensidade que Giribaldi deseja. Maisabé jamais toma a iniciativa, nunca um gesto sedutor, uma carícia. Ele sempre tem que começar e guiá-la por todo o caminho. Em algum momento, ela arfa por uns instantes, e, logo, retoma sua respiração normal. De sua parte, isso é tudo. O clímax é um lugar reservado a seu esposo, a quem ela acompanha silenciosa e quieta, como que resignada. Nunca lhe explicaram se o prazer faz parte do plano de Deus. Na dúvida, não. Então, espera que o marido adormeça para se ajoelhar e pedir perdão com o peito dolorosamente fechado. Giribaldi anseia pelo que nunca teve: uma mulher satisfeita, já sem forças para qualquer outra coisa além de se entregar, render-se à contemplação de seu macho, beijos como os que se veem nos filmes. Não com Maisabé. Não com ela. E outra… não há outra, nem sequer a possibilidade ou o pensamento. Giribaldi não sabe seduzir.

Faz mais ou menos um ano que recorreu ao argumento do filho. Isso, que santifica sua união porque está, sem dúvida, no plano de Deus, deu a Maisabé um álibi para aumentar a frequência, embora não a intensidade. Esse é outro problema. Apesar de todas as tentativas, Maisabé não engravida. Calculam dias, pedem conselhos, fazem consultas e nada. O organismo está bem, os sistemas dão positivo nos exames de fertilidade. Tudo funciona corretamente, mas Maisabé não emprenha e, a cada menstruação, afunda num charco de tristeza. Giribaldi se dispôs, não sem resistência, a se submeter a uma análise de esperma. Por esse lado, normal, também. Mas nada. O doutor afirma que o problema está noutro lugar. Ela, então, começou a se sentir culpada, e ele, a explorar esse sentimento para tê-la mais seguidamente. O argumento deu resultado por um tempo. Maisabé é uma mulher severa e abnegada, mas a frustração mensal, reiterada cada vez que as regras delatavam sua infertilidade, minou seu desejo e os encontros amorosos foram interditados com uma mescla de vergonha e rancor em doses variáveis. Com a discrição própria de sua posição, o médico militar que os atendeu contou a Giribaldi sua experiência: *muitas mulheres que não engravidam apesar de organicamente aptas decidem adotar. Uma vez que adotam uma criança, ficam grávidas de imediato, como por magia. Aposto minha vida que esse é o caso.* A sós, aconselha: *Adote, major, e vai ver como tudo se resolve. Além do mais, é a coisa mais fácil do mundo, hoje em dia.* Consultou sua mulher, que lhe deu um sim temeroso e mudo com a cabeça. É este o assunto que o traz, esta noite, aos jardins do Hospital Militar.

Há quarenta dias, uma moça de pouco mais de vinte anos foi trazida do Comando de Operações Táticas de Martínez. É aqui que os grupos de tarefas[12] trazem as cativas loiras para parir. O Eutocol[13] correu por suas veias, apressando as contrações que lhe chegavam como ondas, cada vez mais frequentes. O médico acompanhou, distraído, o processo de dilatação. Ela aceitou as dores do parto desolada e alheia, mas colaborando com empenho. Faria tudo para ver seu filho. Mas quando o bebê começou a ser expulso, quando seus esforços deixaram de ser indispensáveis, o Pentotal[14] fez seu papel e a moça caiu no sono químico que a medicina descreve com a expressão "coma induzido".

---

12   Nome dado, originariamente no jargão militar, às células em que se estruturava o terrorismo de Estado na Argentina durante a ditadura sob a qual se passa esta novela (N do T).

13   Medicamento indutor do parto (N do T).

14   Sedativo também usado com a finalidade de induzir confissões (N do T).

Hoje, o doutor levou consigo o menino com a desculpa de que era preciso vaciná-lo. Ela o viu ir embora e soube, soube, soube que era o fim, mas expulsou de sua cabeça esse pensamento e se deixou levar ao local onde, lhe prometeram, teria mais comodidade para criá-lo. Foi, lutando todo o tempo contra a certeza de que nunca voltaria a vê-lo, de que nunca voltaria.

Agora, o menino fica em mãos de Giribaldi, junto com uma bolsa, umas poucas instruções rápidas e o endereço de um pediatra de confiança. E dali à casa do major, onde Maisabé aguarda, ajoelhada, rezando.

Quando chega, deposita o bebê como uma oferenda na mesa da sala e quase tem que arrastar uma Maisabé morta de medo até ele. À visão do pequeno, que parece adormecido, surge nela, espontaneamente, um sorriso doce e algo triste. Nesse momento, o bebê faz um gesto de desagrado, abre os olhos e abre um berreiro penetrante que a faz retroceder, sobressaltada, tropeçar e cair sentada no chão.

Me odeia, sabe que não sou mãe dele.

Quando Giribaldi tira Maisabé da sala, o menino para de chorar.

4

Nada como morrer a tempo. As estrelas do espetáculo, quando morrem no ponto mais alto de sua arte, quando sua velhice ainda não chegou para decepcionar seus admiradores, ficam ali para sempre, suspensas no inconsciente coletivo das multidões que adoraram-nas em vida e que continuarão a idolatrá-las. Como Gardel no avião. Como Marisa. Morreu no instante em que Lascano mais a amava. Um acidente de trânsito. Simples, rápido, brutal, irreparável. Se foi, levando todo o consolo, toda a alegria, tudo. Tudo perdido. De início, o golpe o aturdiu, uma sensação de irrealidade o desmembrou. Logo, despertou nele um impulso de fúria cega dirigida contra todos e contra ninguém, contra si próprio. Mais tarde, se afigurou a ele como uma punhalada no peito que foi se aprofundando, dia após dia. Incapaz de qualquer resignação, lamentou sua falta de religiosidade e surpreendeu-se desejando crer num Deus a quem culpar ou maldizer. Contemplava com carinho sua Bersa e antevia seus miolos aspergidos pela cama na qual falta Marisa.

Nesse momento, Fuseli interveio. Identificou seus sintomas e suas causas. Sob pretexto de não ter onde morar, pediu-lhe abrigo por um tempo, favor de amigo. Sem forças para negar, Lascano caiu na armadilha que lhe salvaria a vida. Fuseli se encarregou de protegê-lo de si mesmo. Com absoluta paciência, acompanhou-o do cimo do abatimento até a superfície onde a vida, absurdamente, continuava. Recuperou-se graças ao amigo, que lhe proporcionou algo em que acreditar, a que aferrar-se. Sua tábua de salvação foi a ideia de lei, de justiça. Desde então, Lascano se agarrou desesperadamente ao que assumiu como missão na vida: trabalhar para fazer deste mundo um lugar mais justo, mesmo que seja só um pouquinho. Ridículo, porém sólido, como uma tábua em meio ao oceano. Fuseli sentiu que havia cumprido seu dever e regressou à sua solidão. E Lascano à sua.

Marisa foi uma estrela só para ele, amada por uma multidão de uma só pessoa: Lascano. O destino não lhes deu tempo para se cansar da presença do outro, para que a rotina da vida cotidiana levasse embora todos os momentos mágicos que os uniam. A convivência ainda não havia oxidado a paixão, a repetição não havia manchado o mistério. Oito anos após seu matrimônio, na ponta do despenhadeiro de onde caíam quase todos os casamentos, talvez momentos antes da irremediável modorra, ela resolveu morrer.

A alma dele nega e, obstinadamente, delira com uma Marisa reavida, com uma ressurreição, com um milagre, com uma segunda chance. De volta a seu lado para acompanhá-lo dia após dia até tornar-se insuportável, para envenenar-lhe a velhice, para gastar com ela até o último fiapo desse amor que ficou sem alvo quando estava mais apontado. Para amá-la até se esgotar qualquer possibilidade de amá-la mais, ou, simplesmente, de amá-la. Para que se torne uma companhia permanente, até que o costume de tê-la a seu lado se dê por estabelecido, por morto. Até que suas íntimas manias não sejam mais segredo, até que já não reste uma única dobra de sua pele por explorar. Para lhe dizer todas as palavras que agora lhe atravessam a garganta. Até que seu sexo perca, por completo, todo sabor novo, todo mistério. Até que, por força do costume, deixe de notar seu cheiro. Até que a voz dela lhe soe tão familiar quanto a sua própria. Até saber de antemão tudo o que dirá. Até que o entendimento se produza sem necessidade de um olhar sequer. Até que seja tão corriqueira quanto a atmosfera e deixe de senti-la, um apêndice dele. Até que chegue a sentir a culpa e o remorso de desejar e até ter outras mulheres. Até se transformarem nos dois estranhos que comem em indiferente silêncio no restaurante porque já deixaram de se perguntar o que fazem ali com esse outro desconhecido. Para que seja ela quem fique sozinha no cais na hora de partir. Nada disso, o futuro suspenso, acabado, enterrado sob uma pequena lápide no cemitério judeu de La Tablada, onde nunca vai porque, sabe, ela não está ali. Marisa está em suas noites intermináveis, às vezes como uma presença dolorosa, outras como um espectro ardente que pousa em seu corpo. Seu corpo, que recorda o dela como uma tatuagem, se faz presente para ele, lhe ergue o sexo e lhe aperta a mão até sua mão ser a dela. Na escuridão, em meio ao silêncio, enquanto rangem os móveis e as madeiras da casa, faz amor com ele, e deixa-o mais sozinho que nunca. A maldiz mil vezes, pois sua ausência o faz provar, a cada noite, a verdadeira solidão, e deseja não tê-la conhecido nunca. Se era para ir-se assim... Antes de Marisa, a solidão era seu estado natural, seu hábitat, um clima que se vive sem que cabalmente se o sinta. Depois dela..., depois dela, Lascano dorme.

Crac. Desperta. O ruído de um passo sobre essa tábua frouxa de pínus lhe chega claro como um estampido. A casa está em silêncio. Alguém anda por ali. Sai da cama. Entrincheirado detrás da porta, vê a sombra na sala. Recosta-se sobre o marco. Sua vista se enevoa. Marisa parece estar acomodando coisas, mas as coisas não se movem. Está de costas, com sua longa camisola de inverno, grossa, que não consegue dissimular as formas de seu corpo. Lascano sente que uma estaca se afunda em seu peito. Marisa se volta. Há, em seus olhos, uma distância, uma tristeza, uma dor, uma ausência... Se senta e a contempla. Já sabe que, se falar com ela, não responderá. Está descalça, sempre está. Fica quieta por um momento, logo começa a rebolar. Dança sem mover os pés e embala seus braços vazios. O Cachorro crê escutar uma canção tristíssima. Tapa o rosto com as mãos, mas, através das pálpebras fechadas, continua a vê-la. Meio escondido detrás de sua saia, obrigado por sua mãe, contra sua vontade, há um menino pequeno que tem os mesmos olhos dela. Marisa finge que não aconteceu nada, que continua ali. Faz isso por ele, para que não se sinta tão só, tão mal, tão triste. Mas essas visitas fazem mal ao Cachorro, não quer vê-la. *Vete de mí*, pensa, como no bolero[15]. Mas Marisa só foi até a cozinha e, quando a procura ali, não está; então, a ouve cantar no banheiro. *Tú, que llenas todo de alegría y juventud*[16]. Mas, quando entra, não está mais, e a escuta ir e vir pelo quarto. Segue seus sons, tampouco está aí. Desmorona na cama, pedindo trégua. Então, desliza entre os lençóis e o corpo de Lascano, que faz todo o resto sem poder evitá-lo, se entrega ao fantasma, sabendo que pagará caro.

---

15 Em português, "vá embora de mim" (N do T). Verso e título da canção homônima, de Virgílio e Homero Expósito.

16 "Tu, que enches tudo de alegria e juventude", verso do mesmo bolero (N do T).

Com as marcas de uma noite sem dormir depois de um dia de trabalho, Lascano chegou à casa de Fuseli. Um terraço enorme com um pequeno apartamento de quarto-e-sala na esquina de Aguero e Córdoba. Apoiado no corrimão, Fuseli espera, com calma, que seu amigo diga o que veio dizer. Lascano vê, nostálgico, o Centro Ameghino de Saúde Mental atrás da avenida, seus jardins em ruínas, suas paredes descascadas, e se imagina hóspede do lugar. A noite é clara e fresca, sem brisa.

Fuseli, você acredita em fantasmas?

O médico espera um tempo para responder, ergue o olhar e aponta para o alto.

Que vê? O céu. E o que há no céu? Estrelas. Você acha que vê estrelas, mas está enganado. Não enche, ontem ela me visitou de novo. Marisa? Quem mais? Bom, você me perguntou se eu acredito em fantasmas. E você começa a falar das estrelas. Já chego lá: muitas destas estrelas que você acredita ver desapareceram há milhões de anos. Como assim, desapareceram, se eu as estou vendo? Não, meu querido, o que você vê é a luz das estrelas. Não entendo. É muito simples. Vamos ver. A estrela emite luz, certo? Certo. A luz viaja pelo espaço, certo? Certo. A estrela morre, certo? Isso. A luz chega até você. Sim. Mas a estrela morreu há muito tempo. Merda. Essa luz é o fantasma da estrela morta.

Lascano acende um cigarro com o olhar perdido nas arestas das telhas. Fuseli, ao ver a reação de seu amigo, se infla como um percevejo e adota seu mais solene tom professoral.

Cada ser, pelo simples fato de viver, emite uma radiação que se projeta no espaço. Como no caso das estrelas, essa radiação continua viajando, talvez eternamente, mesmo quando quem a emitiu tiver desaparecido. Marisa morreu, isto está claro, mas a radiação dela continua chegando até você. E Marisa foi um ser de muita luz. Durante todo o tempo que permaneceram juntos, seu corpo esteve se preparando para receber os sinais dela. Você é como uma antena para as radiações dela que continuam circulando por sua casa. Durante a noite, quando tudo se apaga, quando tudo está quieto, quando está distraído, chegam os sinais dela, como a luz das estrelas mortas. Isso são os fantasmas.

Lascano dá uma tragada profunda no cigarro. Fuseli parece um mestre dando lições.

Mas ela faz coisas, se enfia em minha cama. Isso, querido, é sua cabecinha louca. Quando você recebe os sinais, voltam as lembranças, as fantasias, as memórias de seu corpo, das sensações que ela te despertava, as emoções. A mente, que gosta de inventar histórias, começa a criar seu enredo, a dar uma forma, uma explicação ao que está acontecendo com você. Quando alguém parte, nos deixa o vazio do que sentíamos quando estava aqui. Todas essas emoções ficam agora sem destinatário. Não temos mais a quem dirigi-las. Você está só... O outro é a grande testemunha, o grande acolhedor de nossas fantasias, quem nos diz que estamos aqui, agora, que não ficamos loucos, quem recebe nossas palavras e nossos pensamentos e confirma que o mundo é real, concreto, palpável. O outro é a peça-chave do universo. Alguém te pergunta: viu isso? Ouviu isso? Que te parece? É no outro que encontramos a única confirmação de que o testemunho de nossos sentidos é real.

Os amigos ficam em silêncio. O vento começa a soprar, a noite se aprofunda. Fuseli parece despertar de um sonho.

Você ainda está sofrendo a morte de Marisa. A dor tem a virtude de tornar as pessoas mais profundas. O sofrimento faz que quem é bom seja mais compassivo, mais nobre; e torna quem é mau pior, mais perverso, mais malvado. O que faço? Olhe, encare isso com calma. A pior coisa que você pode fazer é resistir a isso. Com o tempo, vai passar. Por ora, tenho um tinto de primeira e um porco com abacaxi no forno que seria uma estupidez comer sozinho. Topa encarar? Lavou as mãos depois do trabalho? Está louco? Assim fica mais gostoso.

5

A noite cai, pegajosa, sobre a cidade. Eva está no terraço, recolhendo a roupa estendida, quando escuta motores e correria embaixo. Dá uma espiada, cautelosamente. A casa está sendo cercada por homens com armas de cano longo em farda de combate. Pela esquina, surge o capô verde oliva de um caminhão do exército. Vinte soldados se posicionam em leque. Um tanque cruza a rua, derruba a grade, atravessa o jardim, investe contra a porta fazendo-a voar e retrocede, velozmente. A tropa avança, atirando.

Um medo físico toma o controle de seus músculos, esvazia sua mente de qualquer outra preocupação que não seja fugir. Rapidamente, desce pela escada que dá para o pátio dos fundos, sobe de um salto no alpendre que abriga a tubulação de gás, trepa no muro e passa ao jardim vizinho. Atravessa correndo, escala outro muro. Emergindo das sombras, um pastor alemão lhe cai em cima; esquiva seus dentes por um triz. Uma luz se acende, uma voz o chama, o cachorro tem um momento de desconcerto que ela aproveita para se enfiar num corredor e fechar a porta. Se afastando dos latidos, sobe por uma escada de gato até um terraço onde se detém para recuperar o fôlego. Grudada na parede, sentindo-se um animal acossado pela matilha, fugindo do som dos disparos que rasgam a noite, ricocheteiam no rio e implacavelmente a perseguem, entra num grande quarto. Há uma longa mesa de maquiagem com luzes e espelhos como os que se usam nos teatros. Desmorona sobre uma cadeira. Não consegue se reconhecer nessa cara descomposta pelo medo. Leva as mãos à cabeça e chora. Do lado de fora, o tiroteio termina, dando lugar a esporádicos tiros de misericórdia. Ao longe, ouve rumor de movimento de tropas, de motores, ordens indiscerníveis. Esgotada, com a mente em branco, incapaz de se mover, cochila.

Dois dias atrás, Manuel, seu par, seu amigo, seu companheiro, caiu numa emboscada que o exército armou para eles. Pensa nele e em Silvio, coisas jogadas num charco de sangue numa rua de Tigre. Sua morte lhe dói na mente, mas não no coração, pois o amor por ele havia morrido na última vez que se viram, que tiveram um ao outro, quando lhe disse e ele não a escutou. Porque Manuel mal a ouvia, encantado como estava por uma cruel determinação de mudar o mundo como quer que fosse.

Algo a alerta. Da escada, lhe chegam vozes que vêm se aproximando. Põe-se de pé. Procura um lugar onde se esconder, as vozes cada vez mais perto. Como um rato, escorre para baixo da mesa de maquiagem e põe uma cadeira diante de si. De seu esconderijo, vê as pernas de duas mulheres que vêm conversando ruidosamente.

Viu a zona que virou aqui em volta? Escutei os tiros. Parece que os milicos estouraram um esconderijo. Bandidos? Guerrilheiros. E o que houve? Eu sei lá. Não ia lá perguntar.

Chega mais outra mulher e se senta na cadeira detrás da qual se oculta Eva, obrigando-a a grudar na parede para evitar que esbarre nela com seus joelhos. As moças trocam as roupas simples do dia-a-dia por provocantes vestidos com lantejoulas e se maquiam. Irrompe uma garota de voz bem jovem.

Que caras são essas? Não ficou sabendo? De que? Essa vive no mundo da lua. Querida, aqui perto agarraram uns subversivos e cozinharam todos à bala. Não me diga que não vamos poder trabalhar. Amanhã tenho que pagar a escola do pequeno ou não o deixam entrar. Não sei. Temos que esperar o Tony e ver o que ele diz.

Eva se volta para o ruído de passos. São de um homem com calças, meias e sapatos vermelhos.

O que têm que me perguntar? Vamos trabalhar hoje? E por que não? Não, quero dizer, por causa do tiroteio. Não há problema. O major que dirigiu o destacamento é amigo meu. Quem você acha que passou a informação a ele? Tony está em todas. Bom, chega de papo e vamos trabalhar, que a noite vai ser longa. Vamos, vamos.

O homem toca-as para fora do quarto. Se volta e grita algo que Eva não compreende. Retorna em seguida, com outro.

Feche a porta. Como aconteceu tudo? Sem problemas. Tem a grana? Aqui está. Contou? Não me disse pra contar? Sim. Então, contei. Vinte paus. Ficou feliz, o velho? Quando viu as duas mesticinhas, começou a escorrer baba. Disse algo? Nada, me deu a grana e me mandou embora. Bom, vai lá pra baixo garantir que tudo permaneça tranquilo. Já vou. Falou com o milico? A área está livre. Feche a porta.

Tony caminha até a parede que está na frente de Eva e se agacha. Ela sente que o coração para, se acredita descoberta, mas o homem começa a forçar a tampa de uma tomada que esconde uma caixa-forte. Abre e deposita dentro dois maços de notas; depois, recoloca-a em seu lugar, torna a colocar a tampa da tomada e sai. Eva está a ponto de sufocar, não sabe quanto tempo faz que contém a respiração.

Lascano está prestes a atravessar a praça de Vicente López. Essa onde vão cagar os cães das famílias endinheiradas, levados para passear por mucamas com avental da Casa Leonor. Elas ganham a décima parte do que custa o mais econômico desses soberbos animais, cada qual mais exótico. Da sombra derramada pela gigantesca árvore da borracha, vê, com satisfação, que seus homens já estão preparados. Vem seguindo o rastro de Tony Ventura há oito meses. Agora, vai pegá-lo. Caminha com tranquilidade e fuma, enquanto seus homens terminam de se posicionar sobre a rua Gaspar Campos, a poucos metros de onde ela é cortada pela Arredondo. Neste bairro de sobrenome composto, Ventura montou seu negócio. Em alguma obscura manobra, se apossou dessa mansão que tem hipotecadas até as maçanetas e que, enquanto não sair o despejo, é ideal para o bordel de alto nível que instalou. Tony acredita que, contando com clientes poderosos, está coberto contra raids policiais ou intervenções judiciais. Alentado por essa sensação de impunidade, ampliou suas operações incluindo o tráfico de pó, mesas de pôquer nas quais se aposta com vontade e, para seu mal, prostitutas menores de idade. Este foi o motivo que finalmente convenceu o juiz a assinar o mandado.

No último verão, em Punta del Este, o doutor Marraco viu florescer Mariana, sua filha de treze anos. Na Brava[17], estreou um biquíni que seus peitinhos adolescentes lutavam para estirar. A bundinha se fez redonda, os olhos se encheram de fantasias; pelas bordas da breve calcinha, começou a aparecer um tufo de cabelos incipiente e

---

17 Praia de Punta del Este (N do T).

liso. Ele nunca tinha visto uma mulher com cabelo liso lá embaixo. A boca se fez mais carnuda e, uma manhã, encontrou sua calcinha manchada de sangue. Já era uma mulherzinha. Os olhares dos homens – incluindo seus melhores amigos –, que se demoravam sobre o corpinho de sua menina, começaram a deixar o juiz louco. Os ciúmes lhe cravaram os caninos e não o soltariam mais. Tentou, com firmeza, que sua filha usasse um traje de banho mais discreto. Só conseguiu que Mariana fosse, com frequência crescente, a outra praia, outro cenário onde encenar o ensaio geral da histeria, longe dos olhos paternos. Uma noite, ao voltar do cassino de San Rafael, Marraco observou pela janela o mais jovem dos Pertinetti passar-lhe as mãos sobre a poltrona da sala. Ela, contentíssima; a mãe, cúmplice; ele, raiva.

Ventura havia trazido três garotas de quinze anos compradas ao preço de duas em Asunción. Misturas de índia guarani com alemão, essas mesticinhas de cabelos negríssimos e lisos como os das orientais e olhos verdes bem poderiam passar por tailandesas. De algum modo, Tony estava mantendo a tradição da Zwi Migdal, que, nas décadas de vinte e de trinta, contrabandeava polonesas loiras que, em Buenos Aires, passavam facilmente por francesas.

Lascano tem no bolso o mandado expedido pelos ciúmes de Marraco. Embora tenha caído em desuso nos dias que correm, tal documento resguarda o Cachorro em caso de se deparar com algum peso pesado do governo ou das forças armadas.

O grupo de policiais, impacientes dentro de seus uniformes, está postado a poucos metros da casa onde se esconde Eva. Lascano faz uma saudação geral com a mão, alguns lhe fazem a continência, mas não está prestando atenção neles. Dirige-se ao subcomissário:

Todos em posição? Estamos todos prontos, comissário. Quando o senhor ordenar. Vamos esperar o juiz.

O oficial exibe uma expressão meio de assombro, meio de resignação ante as palavras de seu superior: não está acostumado à presença de um juiz numa operação. Para ele, os juízes são uns senhores que, às vezes, aparecem nos jornais se pavoneando quando eles já fizeram todo o trabalho sujo. Não sente uma particular inclinação a fazer perguntas. Sabe que assim se vive mais tranquilo, e se limita a responder com cortesia e subordinação.

Como o senhor ordenar, comissário.

No banco traseiro de um Falcon conduzido por um policial que Lascano já viu algumas vezes, chegam Marraco e Arrechea, um de seus secretários. Enquanto Lascano se aproxima, o juiz baixa o vidro.

Boa noite, doutor. E aí, Lascano, como vai tudo? Estamos prontos. Ventura está lá dentro, há movimento na casa. Acha que vai haver resistência? Essa não é gente especialmente violenta, mas nunca se sabe. De qualquer modo, estamos bem prevenidos. Vai participar? Adoraria ver a cara de Ventura quando o algemarmos. Assim, vai aprender que não deve se meter com menores. Mas não posso. O doutor Arrechea aqui vai acompanhá-lo. Como o senhor determinar. Bem, amanhã me informam de tudo. Como queira, doutor.

Marraco fecha o vidro e ordena ao chofer que arranque. Quer chegar rápido a sua casa para controlar as atividades de sua filha. O carro se distancia, se funde às sombras para reaparecer, iluminado pelos postes das esquinas, encolhendo a cada cruzamento, até desaparecer. Arrechea se irrita por ser tratado como um menino.

Doutor, vamos fazer assim. Nós vamos entrar e tomar o controle do lugar. Quando tivermos certeza de que a situação está sob controle, mando chamá-lo e iniciamos os procedimentos. Não quero que se arrisque. Está de acordo? De pleno acordo. Então, vamos começar. Todos em posição para o ataque. À minha ordem.

Com um gesto, o Cachorro ordena a dois homens armados com um aríete que derrubem a porta.

Eva sai de seu esconderijo, se volta para o vão que dá para a escada, de baixo chegam vozes de homens e mulheres. Uma explosão, é o estrondo que faz a porta da rua ao ser derrubada. Correrias e gritos.

Na casa, a festa acabou. Bloqueando a saída, Lascano, cigarro na boca, desfruta o desenrolar da operação, que planejou de maneira perfeita. Em poucos minutos, putas e usuários são identificados e Tony é trazido, algemado, à presença do Cachorro. Não consegue conter um sorriso: todo de vermelho, parece um diabinho de brinquedo. Tapa a boca, tosse e ordena a seus homens que permitam que os presos se vistam. Um oficialzinho lhe sussurra algo ao ouvido.

Deixa eles irem.

Faz que não vê dois que, cabeça baixa, saem, apressados, e se perdem na cidade.

Caiu a noite, Ventura. Perdeu.

Embora seja muito alto, a derrota parece haver baixado a estatura de Tony.

Bonito terninho, Tony. Tem pra homem? Não enche, Cachorro... Comissário Lascano, pra você... Isso nós podemos acertar. Quem vai te acertar é Marraco. Não sabe como ele fica louco quando tem menores no meio. Levem-no.

No andar de cima, Eva escuta passos subindo a escada. Fecha a porta com discrição. Regressa a seu esconderijo sob a mesa. Coloca a cadeira diante de si. Se senta no chão e espera com as mãos entrelaçadas, como que para rezar, mas não reza. Um policial dá uma volta pelo quarto e torna a sair, e Eva, a respirar.

Embaixo, os policiais fustigam putas, cafetões e frequentadores. O agente que desce pela escada se aproxima de Lascano.

Tudo sob controle, comissário. Lá em cima, não ficou ninguém. Bem, levem todos ao Departamento.

Arrechea, que estava quieto e calado como se estivesse na missa, faz pose de autoridade quando Lascano se aproxima.

Bem, doutor, foi tudo um sucesso. A verdade é que realizou o procedimento com a maior assepsia. Lhe proponho que, agora, vá para sua casa descansar com sua família. Eu me encarrego do resto e, amanhã, lhe mando o laudo à vara. De acordo. Então, até amanhã. Até amanhã, doutor. Obrigado por tudo. Não foi nada.

Lascano sorri. Conseguiu desvencilhar-se rapidamente da presença do secretário e, agora, pode dar rédea solta a suas virtudes de cão farejador. Se põe a examinar a casa, cômodo por cômodo. É luxuosa, o mobiliário é original. Os móveis, os quadros, os tapetes expressam uma riqueza polida através de várias gerações, de estudos na Europa, de gente refinada. Sobe pela suntuosa escada de mármore. Caminha lentamente, observando tudo. Eva, sentada sobre o piso, oculta sob a mesa, vê suas pernas e alenta a esperança de não ser descoberta. Está a poucos centímetros dela, revistando os objetos que há sobre a penteadeira, acima de sua cabeça. Se afasta dando pequenos golpes no joelho com uma pequena caderneta de capas negras. Que cai. Eva o vê se agachar para recolhê-la, todo seu corpo se contrai involuntariamente e, com o pé, move a cadeira. Os reflexos de Lascano levam sua mão à cartucheira. Se aproxima, arrasta a cadeira e vê que ali está escondida uma mulher jovem com o rosto virado para o chão. Ao se sentir descoberta, Eva ergue o olhar até que ele se encontre com o do comissário. O coração do Cachorro para. Ali está Marisa, sua esposa morta. O rosto, o cabelo, os ombros, as mãos, a cor. Esse ar entre desafiante e melancólico é de Marisa, sobretudo os olhos. De súbito, o encanto é quebrado pela voz do sargento Molinari, que, de onde está, não pode ver o que pasma Lascano. Vem lhe comunicar que o transporte dos detidos já se realizou. Sem afastar a vista dela, o comissário lhe ordena que vão indo, que logo os alcançará. Novamente sozinhos, em silêncio, a contempla sem sair de seu assombro.

Oculta sob a mesa de um bordel de luxo, Marisa o está olhando. Lascano não controla mais a situação, não sabe mais o que fazer. Toca-lhe o cabelo apenas para se certificar de que é real. Não pode levá-la presa, não pode deixá-la livre, não pode fingir que não a viu. Quando ela tenta falar, só atina a pôr o indicador sobre os lábios. Pega-a pela mão para ajudá-la a sair, envolve-a em seu capote e deixam a casa, sem trocar uma palavra. Do lado de fora, brama a estupidez dos homens e mata-se por dinheiro.

A moça se deixa levar, em silêncio. De vez em quando, dirige um olhar rápido e furtivo a Lascano, tentando adivinhar suas intenções. Teme, calcula suas possibilidades de fuga, mas não se decide. Nada pode deduzir desse homem com idade suficiente para ser seu pai, que fuma incessantemente e trata-a como uma dama da corte. Quando ele pega a Libertador, crê que a conduz à Escola de Mecânica da Marinha[18], mas passam ao largo. Pensa que vão ao Batalhão 601 de Inteligência, na Viamonte com Callao, mas dobram pela Juan B. Justo. Adentram La Paternal e estacionam. Não vê, neste bairro,

---

18 Mais célebre centro clandestino de detenção utilizado pela ditadura argentina de 1976-83 para o confinamento, tortura e escravização de presos políticos, ao estilo de um campo de concentração, a antiga Esma, situada nos arredores de Buenos Aires, abriga, hoje, o Museu da Memória (N do T).

nada que possa parecer um cativeiro, mas quem sabe quantos há? Já na calçada, enquanto ele caminha cinco passos adiante, pensa em fugir, mas para onde? Para de caminhar. Ele segue adiante, sem se voltar. Assustada, intrigada e tremendo, segue o Cachorro até o interior de seu apartamento.

Tome um banho quente. Vai lhe fazer bem. Aqui tem uma toalha e um roupão.

Lascano contempla o pássaro em sua gaiola. O animalzinho observa, fazendo movimentos nervosos com sua cabecinha, e lhe dirige um pio de reconhecimento. Lascano balança a cabeça e se enfia na cozinha. Se sente um pouco tonto. Coloca uma chaleira com água sobre a chapa. Com o mesmo fósforo, acende o gás e o cigarro, e deixa que sua mente navegue, enlevado pelo cicio do fogo. Pouco antes que a água ferva, gira o controle e a chama se extingue com uma leve explosão. Prepara o mate conforme metódico ritual.

Está sentado no sofá, que um dia foi vermelho, quando ela volta do banho. Ainda mais Marisa que antes, mais casual. Lhe alcança um mate.

Como se chama? Eva. Está com fome?

Ela assente com a cabeça. O Cachorro deixa seu assento. Do sofá, Eva o vê preparar a comida. Não entende nada. Num instante, surge com dois pratos fumegantes de macarrão com molho de tomate e posiciona-os frente a frente sobre uma instável mesa de centro baixa. Volta à cozinha. Sai com uma garrafa de vinho, dois copos, talheres, e deposita tudo, desordenadamente, sobre a mesa. Se senta, começa a comer, apressado, e, com um gesto, indica a Eva que faça o mesmo. Ela se submerge no prato. A comida pobre, simples, sabe deliciosa. Se demora nos sabores, sentindo que o alimento lhe vai reconfortando o corpo, ansiando por mais dessa sensação. Joga pela garganta um trago de vinho, que, de imediato, sobe-lhe às faces. Se instala um clima de calentura que, até agora, era tão só uma lembrança escondida entre as dobras de um presente desolado. Se pergunta: como cheguei até aqui? Lascano aproveita para estudá-la enquanto está concentrada na comida. Lhe parece estar revivendo a primeira vez que cozinhou para Marisa. Só falta que lhe diga:

Hum, isto me reconcilia com o molho de tomates.

E que ele responda:

É o hábito.

Normalmente, as respostas agudas e engenhosas lhe ocorrem várias horas, até dias depois do que seriam oportunas; mas não naquele tempo, quando o riso surgia como por encanto entre os dois. Lascano sorri para si mesmo, com tristeza. Um detalhe que Eva não deixa de notar, nem entende, nem importa. Aqui, está acontecendo algo. Não sabe o que é, mas lhe agrada, lhe tranquiliza, lhe faz se sentir como em casa. Não sabe porque, mas esse homem lhe inspira segurança. Repentinamente, Lascano fica de pé e se enfia em seu quarto, de onde sai, em seguida, com um lençol que joga no sofá, junto a ela.

Para que não passe frio... Agora, durma. Amanhã, vamos ver o que fazemos com você.

Regressa a seu quarto e se encerra. Eva permanece imóvel alguns segundos. Ouve alguns ruídos. Logo, silêncio. Pratos vazios. Se levanta. Pega a louça, vai até a cozinha, lava, alguma coisa precisa fazer. Ao longe, trovejam as metralhadoras.

Lascano adormece em sua cama. Marisa sorri para ele. Se remexe. O Cachorro desliza a mão sobre seu corpo, lentamente, até chegar a seu sexo adormecido. Desperta-o e voa para trás como um beija-flor, até esse lugar onde se encontra Marisa. Aberta, indefesa e entregue e necessitada e morna e hospitaleira e habita seu corpo como se seu corpo fosse sua casa e submerge no desejo de mais e escorre sobre si mesmo e lhe cai o coração e chora e ao longe trovejam as metralhadoras.

6

É necessário caminhar pelo Once, o bairro judeu de Buenos Aires, num dia qualquer, quando as lojas já baixaram suas persianas e as calçadas ficam cobertas de retalhos de tecido, rolos de papelão e outros resíduos abandonados pelos comerciantes, para encontrar os homens, mulheres e crianças que reviram os desperdícios à pesca de materiais aproveitáveis, receptáveis, que venderão por quilo, em troca de moedas, aos receptadores. Famílias pioneiras de uma atividade que lhes permite sobreviver ao preço de revirar o lixo. Dela, se beneficiam os policiais da Sétima, que garantem sua mordida não em troca de proteção, mas apenas, no momento, de se fazer de distraídos, licença precária. As famílias judias ricas começaram um êxodo lento e contínuo, e, embora mantenham seus negócios no Once, escolhem o Bairro Norte ou Belgrano, áreas com maior prestígio social, para fixar suas residências. Nos antigos edifícios de luxo da época de ouro, vão ficando os idosos, fundadores das fortunas que agora tornam possíveis os grandes apartamentos sobre os jardins da Libertador, as férias em Punta del Este, os colégios privados duvidosamente ingleses, os carros importados. O afã de acumular não tira o sono dessas novas gerações, que encontram prazer na ostentação. Filhos da afluência que não experimentaram as privações da guerra, as misérias dos pogroms, a fantasmagoria dos campos de concentração, se permitem pensar alto. Pensam que gastar mais é viver melhor. Restam não poucas exceções. Elias Biterman é uma delas.

Este é um desses tempos mortos na vida de Biterman. Trata de evitar as horas vazias. Flancos descobertos que as forças de ocupação da memória aproveitam para atacar o refúgio de seu presente. Recorda a si muito jovem, apinhado com centenas de outros judeus escoltados por SS com metralhadoras, atravessando a campina num trem de gado. A passagem do comboio, que não parava nas estações, era saudada por católicos poloneses que entoavam hinos ao Zyklon B[19] e aos fornos crematórios. Seu destino foi o campo de concentração próximo a Oswiecim, que os nazistas batizaram Auschwitz. Quanto leu *Arbeit macht frei*[20], o cartaz que coroava seus portões, e se deparou com os espectros em que se haviam transformado seus habitantes, compreendeu que devia evadir-se o quanto antes, enquanto lhe restassem forças e vontade para tentá-lo.

Seu pai, Shlomo, sobrevivente dos pogroms da Ucrânia, estava muito atento ao que acontecia na Alemanha dos anos quarenta. Obteve, a troco de uma expressiva soma que foi parar no bolso de um funcionário da embaixada, passaportes argentinos.

Anos antes, durante a depressão, o velho Biterman havia resgatado Heinz Schultz da miséria. Lhe deu alimento, trabalho e moradia sem lhe pedir muito em troca, até que ele foi tentado por uma oferta bastante nacional-socialista: uma vaga de guarda em Auschwitz. Antes de partir de uma Alemanha tomada pela suástica, pôs-se em contato com ele e comprou sua vontade com uma boa quantia de *Reichsmarks* e a promessa de muitos mais, caso facilitasse a fuga de seu filho.

Schultz comprometeu alguns camaradas com uns poucos desses marcos, e, uma noite, a empurrões, tiraram Elias da barraca que o alojava. O resto dos internos, acostumados a essas incursões, lamentaram sua sorte e, com vergonha, se alegraram por não terem sido eles. Biterman, escondido no fundo falso de um caminhão de suprimentos, foi levado até o bosque vizinho. Ali, o chofer o fotografou ao lado de um Schultz sorridente. Quando Elias viu que seus captores levavam as mãos às cartucheiras, não hesitou um instante. Golpeou Heinz no nariz com todas as suas forças e se pôs a correr bosque adentro, noite adentro, ziguezagueando entre as árvores iluminadas pelos flashes dos disparos. Não conseguiu elidir todas as balas: uma delas atravessou-lhe as costas e se meteu em seu pulmão. Mas era então jovem, forte e determinado. Continuou correndo e correndo, até desabar numa clareira. Schultz utilizou a foto para cobrar de

---

19 Gás usado nas câmaras de extermínio dos campos de concentração nazistas durante a 2ª guerra mundial (N do T).

20 "O trabalho liberta", em alemão (N do T).

Shlomo o resto do contratado e lhe garantiu que Elias estava num lugar secreto, esperando para sair do país. O velho Biterman dobrou o valor do resgate, sob a condição de que entregasse outra quantia significativa a seu filho para que também ele pudesse comprar um passaporte com Vignes, o funcionário diplomático da embaixada argentina. Com essa esperança e angustiados pelo temor às delações, Shlomo e sua mulher iniciaram uma penosa peregrinação até o porto de Buenos Aires. Três anos mais tarde, esgotado pelas perseguições e pelas penúrias, morreu, deixando-a no quarto mês de gestação.

Como é natural, Heinz ficou com tudo e, além do mais, utilizou a informação sobre o cônsul para extorqui-lo. Com sua pequena fortuna, montou uma oficina para fabricar panelas e utensílios de cozinha. Seus contatos lhe proporcionaram trabalho escravo dos campos de concentração e sua pequena empresa se transformou numa das indústrias provedoras do *front*. Farto do cheiro doce de carne queimada emanado das chaminés do crematório, comprou um atestado médico e lhe foi dada baixa do serviço ativo. Ficou rico, mas o aroma ficou grudado em seu nariz até 28 de maio de 1969, quando enfiou o cano de sua Walther PPK entre os dentes e apertou o gatilho. Seus filhos foram seus herdeiros e, com o passar do tempo, prósperos industriais, preocupadíssimos com os padrões de qualidade de seus produtos, que exportam a muitos lugares do mundo.

Elias, por sua vez, foi resgatado por um grupo de bandidos que tinham seus refúgios nas profundezas do bosque. Eram inimigos naturais da ordem estabelecida, de qualquer ordem. Instintivamente, tendiam a considerar o fugitivo como um dos seus. O resgate e cuidado de Elias foi guiado não só pela lealdade a esse código jamais escrito, mas também pela utilidade que aquele rapaz corpulento e resoluto tinha, potencialmente, para a quadrilha. A política não lhes interessava minimamente e sentiam uma aversão animal pelos uniformes, fossem da cor que fossem. Esse bando de salteadores de estradas costumava emboscar com eficiência patrulhas isoladas do exército nazista para se apossar de armas e munições. Seus golpes eram rápidos, certeiros e, normalmente, não deixavam ninguém com vida nem cadáveres dos seus. Numa dessas ações, foram surpreendidos por um pelotão das SS que vinha seguindo-lhes o rastro. Foram dizimados. Elias foi um dos poucos sobreviventes. De madrugada, chegou a uma aldeia que dormia, onde encontrou seu salvo-conduto: um carrinho de mão. Com esse disfarce perfeito, caiu na estrada. Ia armado com a Luger obtida numa das incursões contra os nazistas. No caso de ver-se perdido, usaria-a contra si mesmo. Estava decidido a não regressar ao campo. Quando se deparava com soldados ou patrulhas, era confundido com um aldeão em suas tarefas diárias e, em geral, tratado com indiferença. Se necessário, batia continência ao estilo alemão, erguia a mão direita e lhes dirigia o conhecido *Heil Hitler!* Sempre empurrando seu carrinho de mão, se dirigiu ao sul: atravessou Tchecoslováquia, Hungria e Áustria. Em Trieste, teve que abandoná-lo para se enfiar como clandestino num navio. Em Dakar, descobriram-no e simplesmente o largaram no cais.

No total, lhe tomou cinco anos atracar no porto de Buenos Aires, localizar sua mãe e conhecer o destino de seu pai e seu irmão Horacio. Os longos anos de solidão e constante risco transformaram Elias num ser arredio e silencioso, preocupado unicamente em não voltar nunca à miséria. O passado é uma coleção interminável de horrores que só merece o mais completo dos esquecimentos; o futuro, uma incógnita pouco confiável que é preciso garantir; o presente, o campo de batalha onde se há de garantir a velhice. Econômico até o ridículo, tudo lhe parece caro. Quando precisa comprar sapatos, calcula o preço de cada pé, e, sempre, em qualquer transação, obtém, pelo cansaço, suculentos descontos, ao passo que não cede um milímetro quando se trata de seus lucros. Nas mãos de Elias, o pouco dinheiro que sua mãe lhe cedeu se reproduziu e se multiplicou centenas de vezes, proporcionando a ela, a ele próprio e a seu irmão uma vida em que se poupa muito e não falta nem sobra nada. Até o dia de sua morte – única vez na vida em que Elias chorou – , Sara olhou para ele arrebatada, reconhecendo nele a inteireza, a visão e o equilíbrio de seu marido. As mulheres são um capítulo ermo na vida de Biterman. Arredio, jamais adquiriu as habilidades necessárias para a sedução e a corte. Enquanto foi jovem, apaziguou o chamado do sexo com os serviços de putas baratas, ocasionais, apressadas e mal pagas. A fagulha erótica logo se apagou nele, coisa que o deixou alegre, pensando que poderia dispor de todo seu tempo para as coisas que verdadeiramente lhe importavam. A possibilidade de cortar um gasto sempre foi, para ele, um motivo de alegria.

Elias ouve chegar seu irmão. Sua cara surgindo à porta o traz de volta ao presente. Horacio é exatamente seu oposto. Quando anda pela rua de um ponto a outro, seu caminho é determinado pelo rumo que toma alguma mulher apetecível que passa por ele. Segue-a por quadras e mais quadras, tentando seduzi-la, até que ela aceita um café ou ele desiste, tentado por outra. Com uma particular aritmética, Horacio tenta levar para a cama qualquer mulher; é questão de colocar a estatística a seu favor: *se me arrisco com vinte, trinta ou quarenta por dia, é certo que uma ou duas aceitarão meus convites.* Assim, sua agenda está sempre repleta de moçoilas, e sua vida, de problemas com saias. Herdou de sua mãe os cabelos cor de cenoura que lhe adornam a cabeça como um fogaréu. Tem o sorriso fácil, os olhos sonhadores, o porte digno e cultiva uma fixação pela roupa fina, bem cortada, que exibe com elegância. Horacio é um dandy sem um cobre. Seus rendimentos chegam a conta-gotas e saem como que por uma mangueira de incêndio. Ainda que não se atreva com Elias, não hesita em roubar, em enganar suas conquistas com a história dos móveis para o casamento e em recorrer a qualquer ardil para se apossar de alguns pesos. Seu programa predileto é a tribuna oficial do Hipódromo de Palermo, onde se mistura com os sócios do Jockey Club enquanto espera pelo milagre do cavalo de quarenta pesos que sempre se atrasa na chegada. Admira as loiras, formosas e alheias, da alta burguesia portenha, nas quais só consegue despertar um interesse fugaz. Ali, conheceu Amancio Pérez Lastra. Uma versão *jet set* de si mesmo. Se tornaram amigos de imediato, as afinidades são muitas. Anseia por encurtar a distância social que, no fundo, os separa sendo indulgente com um comentário habitual de Amancio que o irrita: *Você é meu amigo judeu.*

Para conquistar seus favores, Horacio pensou em apresentá-lo a seu irmão, a fim de que lhe emprestasse os fundos de que necessita com crescente urgência. Especula também com a possibilidade de que lhe dê alguma comissão por trazer-lhe o candidato. Sente que merece muito mais que a vida lhe dá e, sobretudo, muito mais que Elias lhe paga como salário a troco do trabalho de mandalete que não necessita. Lho concedeu a pedido de sua mãe, a única pessoa no mundo que foi capaz de fazê-lo gastar um centavo em algo supérfluo.

... E então? E então, nada. Como nada? Assim, nada, nulo, zero. Não vai me dar nada pelo cliente que te trago? Primeiro, eu já te pago para não fazer praticamente nada e, segundo, o cara ainda nem veio e você já esta pedindo comissão. Quer dizer que o que eu faço não te serve? Da mesma maneira que o que eu te pago não te serve. Mas não é suficiente para mim. Tenho culpa se não é suficiente para você? Se nada nunca é suficiente para você... Você tem vícios demais. Isso é problema meu. Justamente, é o que eu digo: problema seu. E se peço as contas, onde vai conseguir alguém em quem confiar? Olhe. Quando faço a barba de manhã, me vigio bem, pois não confio nem em minha sombra. Quem tem o controle sou eu, e eu nunca solto. E neste mundo, o controle tem um só nome: guelt[21]. *Mas Elias... Vá se queixar ao bispo. Então, tampouco vai me dar nada por este. Primeiro, vejamos o peixe; depois, decidimos como cozinhá-lo. O cara tem um campo que pode garantir qualquer empréstimo. Essa parte, deixa comigo, que disso eu sei um pouco mais que você. Bom, mas depois não esqueça. Eu não me esqueço de nada. Principalmente, não me esqueço do que você já me deve.*

No hall, está Amancio, com seu melhor terno, seu uniforme de roubar, como diz ele, seu sorriso largo, na porta de Biterman, tocando a campainha, sem perceber que é espiado por uma vizinha através do olho mágico.

Deve ser o seu amigo. Atenda-o. Feche, vou amansá-lo um pouquinho. Foi ver o campinho que ele tem? Vi muito bem, na verdade a única coisa que restou do campo é a sede. Devem ser quatro ou cinco hectares. Está um pouco abandonado, mas, com pouca grana, pode-se deixá-lo bom. Mamãe teria adorado. Para você, qualquer dinheiro é pouco. Como se chama a estância? La Rencorosa. Que nome! Gostei. Faça-o passar e ele que espere. Vou atender uma chamada do interior.

Biterman pega o jornal que está na mesa e, abrindo a braguilha das calças, se enfia no pequeno banheiro. Tem sérios problemas de prisão de ventre, de modo que esse é um momento sagrado. Horacio sai, fecha a porta, vai até a entrada e abre a outra. Com uma rápida olhada, Amancio avalia o apartamento. É um desses cubículos escuros com paredes de papel, onde tudo é mínimo. Ninguém poderia

---

21 Dinheiro, em ídiche (N do T).

se espreguiçar aqui sem colidir com alguma coisa. Os móveis, os escassos adornos, as cortinas, tudo é barato e usado para além de sua vida útil, mas este lugar cheira a dinheiro.

Amancio. Entre. O que anda fazendo, garoto? Faço o que posso. Seu irmão? Está numa ligação, já te atende. Quem ligou foi o outro, de modo que certamente ele vai conversar um pouco. O cara cuida do que é dele. Dinheiro que cai na mão dele não vê mais a luz do sol. Você esteve na estância? Sim. E o que achou? A casa é boa, mas está um pouco desconjuntada. Com vinte pratas de pintura e vinte de pedreiro, fica nova. Pode ser, mas tente tirar vinte pratas do meu irmão. Por que se chama La Rencorosa? É um caso de família. Minha mãe herdou o campinho de uma tia solteirona, mas não gostava, nunca ia. Meu pai assumiu e caiu de amores por uma mocinha dali. Uma mesticinha da região, mas tinha um corpo de tirar o fôlego. Mulherengo, o homem. E meu avô, meu bisavô, meu irmão e eu. Isso está no sangue, garoto. O problema é que ele a emprenhou e a pôs pra morar na sede, que, na época, se chamava O Vergel. Um mau dia, a fofoca chegou até a velha. Ela pegou uma escopeta, entrou no carro e foi até o campo, encarou a mesticinha e, como a moça quis enfrentá-la, moeu-a a coronhadas até que ela cuspiu o aborto. Depois, a pôs no olho da rua. E teu velho, o que fez? Nada. Nem se deu por achado. A única coisa que falaram sobre o assunto até o dia de sua morte foi quando mamãe fez mudar o nome. Papai perguntou por que havia posto La Rencorosa. Ela respondeu: Para que você saiba que, na próxima dessas que me fizer, quem vai levar as coronhadas vai ser você. Papai enfiou a viola no saco e aqui não aconteceu nada... Tchê, seu irmão vai demorar muito? Não creio. Família brava a sua. Nós não somos de cerimônias. Te contei do dia em que um peão me desafiou e o arrebentei com o cabo do rebenque?

Elias aparece, sorridente. Tudo correu bem para ele.

Então, é você o famoso Amancio. Muito prazer. Como vão as coisas? Na luta, como sempre. Passe por aqui. Em que posso lhe ser útil? Bom, ando com algumas dificuldades financeiras. E como se chamam essas dificuldades? Uns dez milhões. Isso é algo mais que dificuldades. Bom, a avaliação de La Rencorosa diz que pode garantir esse valor, o campo vale dez vezes mais. Se o você diz... Como pagaria? Posso lhe dar cheques. Vamos ver. Bom, faça quatro de três milhões e meio. O juro que está me aplicando é coisa de louco. Coisa de louco é em-

prestar sem garantia. Mas eu lhe garanto com um campo esplêndido. E como eu sei que não está comprometido com outras dívidas, que amanhã não vai à falência, e eu, à fila de credores? Mas por favor, tem minha palavra. Acha que poderei depositá-la no banco? Olhe, a coisa é assim. É pegar ou largar. Está bem. Quando posso pegar o dinheiro? Devagar, primeiro me dê seus dados e eu me informo, depois você vai até o tabelião Berún, Horacio lhe dará o endereço, e assina uma indisponibilidade de bens. Mas me parece que seria melhor pensar bem, porque devo lhe advertir que não sou um homem tolerante com a inadimplência. Se você não paga, eu lhe processo. Não vai me importar que seja amigo de meu irmão, a paciência não é minha maior virtude. Nem a minha. Como fazemos? Depois que tiver feito os trâmites com o tabelião, passe aqui para pegar o empréstimo. As despesas correm por sua conta. Os cheques, me deixe agora. E quem me garante que não os pega e não me dá nada? Ninguém. E então? As condições são essas, é pegar ou largar. Nominal a quem? Ao portador.

7

São as horas pálidas da aurora. A hora dos fuzilados. Já há várias noites, não cumpre suas funções habituais à frente do grupo de tarefas que tem sob seu comando. Pela chegada do menino à casa, lhe concederam licença. Giribaldi dorme em sua cama, com os braços cruzados sobre o peito e as mãos em punho. Não ouve a sirene que atravessa a cidade. Através das frestas da persiana, começa a se infiltrar a claridade do dia. Na rua, há ruído de motores, ordens, passos apressados, movimento de tropa. A seu lado, Maisabé não dorme. Tem o olhar fixo no teto, lhe doem os olhos porque quase não pisca. À noite toda, não dormiu.

Ai, Deus, eu que te pedi tanto e tanto um filho, e agora me mandastes este, que me odeia. É pequeno para odiar, mas sei, me odeia. Deve levar isso no sangue. E não, não é coisa minha. Uma mãe sabe. Eu sei, e não sei o que fazer. Quando Giri o trouxe, vistes como me olhou? Sim, me olhou com os olhos muito abertos. E eu queria lhe ter dito que não tenho nada com isso, que vou amá-lo como sua mãe, mas que sua mãe não soube se cuidar, nem cuidar dele, que ela levava dentro. Pai nosso que estais no céu... Eu quero amá-lo. Mas não me sai. Não me sai. Santificado seja vosso nome... Tão pequenininho e tão grande, e tão sabendo, tão se dando conta. E Giri que não entende, porque ele é homem de ação e não pensa, mas eu, sim, penso. Ele diz que penso demais. Venha a nós o Vosso reino... E se quando for grande, quando for grande, procurar vingança? E se ele, que também é varãozinho, tampouco entender, quando for homem, e lhe sair todo esse ódio? Por quê? Seja feita a Vossa vontade... Qual é a Vossa vontade? Que pague para sempre? Assim na terra como no céu... E então? Se fizemos o mal, pagaremos, assim na terra como no céu... Então, devemos devolvê-lo. Mas a quem? Como, onde procurar? O pão nosso de cada dia... O pecado não acaba enquanto não se devolve o roubado. O roubamos e não temos a quem devolvê-lo. Nos dai hoje... Sim, hoje, hoje, hoje, enquanto dorme em seu berço. Enquanto caminho até seu quarto. Mas Pai nosso, se sua mãe está morta, a única maneira de devolvê-lo é enviando-o até ela. Mas ela, onde está? As dúvidas, sempre as dúvidas. No céu ou no inferno? Porque se sua mãe foi tão má como diz Giri, a ponto de merecer seu destino, então, deve estar no inferno. Mas este menino não pecou, não é mau. Nem sequer está batizado. Então, se morresse, iria para o limbo, que é onde vão parar as crianças mortas sem cristianizar. Nem mesmo assim eu o estaria enviando até sua mãe. Dorme. Treme um pouco. Mas odeia; então, não é tão bom; odiar é pecado. Então, pode ser que, se apoio este travesseiro sobre ele e resisto à piedade, vá para o inferno de sua mãe, e então o teremos devolvido, e o pecado terá tido fim. Não nos deixeis cair em tentação... Claro que sim. Fomos tentados. Caímos, mas podemos nos recuperar, voltar à graça. Mas livrai-nos do mal. Vá, menino, com sua mãe, que o estará esperando em uma dura cela de Satanás. Perdão, Senhor, sei que não devo dizer o nome dele, mas minha mão treme. Não matarás. Oh. Mais isso. Mas, bem, não estamos obrigados a devolver a vida àqueles de quem a tiramos. E sei que vou me arrepender disso. Como sempre me arrependo de tudo. Sim, senhor. Essa é a solução. A morte me limpará do roubo e a confissão me lavará da morte. Dai-me força, Senhor, nos dai hoje. É só um instante, um aperto, e estará tudo acabado.

Maisabé apoia o travesseiro sobre o rosto da criança adormecida e volta a cabeça para o céu no momento de pressionar. Não quer sentir as convulsões que já imagina, deter o curso de todo esse sangue que está dentro, mas que ela já vê fora. No momento de se impor com todo seu peso sobre o travesseiro, a criança se move e ela o acerta com os nós dos dedos. Acorda sobressaltado, com um berreiro. Como por encanto, Giri surge no quarto, pega Maisabé pelos ombros, não entende, e tira-a dali, e ela se volta, já saindo, e a criança, que parou de chorar, tem para Maisabé mais um olhar. Sério, desses que só os muito pequenos podem ter. Amém.

8

Ao entrar em casa, Lascano se pergunta se ela ainda estará ali. Deseja e teme que sim; por isso, se demora frente à porta, procurando as chaves que se soltaram da presilha e foram parar no fundo do bolso, onde se acumulam bolinhas de poeira. A introduz lentamente na fechadura, e, com discrição de marido infiel, abre com delicadeza – para não acordá-la, diz para si, engana a si mesmo, porque, na realidade, é a si próprio que teme despertar, e também diz para si: *Vamos, Cachorro, são sete e meia da tarde.* Está às escuras, em silêncio. Aliviado e ferido, compreende que ela se foi, está seguro, que tudo volta a ser como antes; que, novamente, está sozinho, esperando a visita do fantasma de Marisa, para que o excite e apunhale mais uma vez. Mas a luz se acende e ali está Eva-Marisa, sentada no sofá, tal como ele a deixou, mas, agora, vestida com roupa dele, cinco números maior. E Lascano perde a respiração e acende um cigarro para disfarçar, sem sucesso, o medo e a alegria. Eva observa-o como o rato de laboratório estuda sua gaiola, e se surpreende alegrando-se por ele ter regressado, coisa que Lascano não percebe, preocupado que está em parecer casual.

Desculpe, peguei emprestadas umas roupas suas. Está ridícula. Bom, seu guarda-roupa não é exatamente de alta costura. Isso é verdade. Estava com um pouco de frio.

O Cachorro tem um instante de hesitação. Acha que vai enlouquecer. Não sabe ao certo se está falando com Marisa ou com Eva. Uma espécie de sonho em que não consegue evitar o que diz e fazer o que faz, e do qual não consegue despertar, o envolve.

Vamos ver... acho que tenho alguma coisa que ficará melhor em você.

Lascano se fecha em seu quarto sem saber porque. Seus movimentos têm algo de automático. Se dirige a sua escrivaninha e revira a gaveta procurando alguma coisa. Encontra. Caminha até o armário, enfia a chave no buraco da fechadura e dá um jeito de fazê-la girar. Por causa do desuso, o mecanismo está um tanto rígido, mas, no fim, com pequenos movimentos, consegue que ele ceda com um clac que se afigura a ele um pouco sinistro, como uma sentença. Toma ar profundamente, como que se preparando para o que virá. Num impulso, abre as portas de par em par. O aroma de Marisa, concentrado após meses de confinamento, lhe cai em cima como se o expresso das 19h30 o tivesse atropelado. Ali está, intacto, todo o vestuário, tal como ela o deixou na manhã em que saiu de casa para não regressar. Lascano tem que se esforçar para não cair desfalecido. Nunca, desde aquela manhã, se atrevera a abrir essa comporta. Nunca tivera a coragem de enfrentar a segunda pele de sua mulher. Sempre viu com apreensão esse lugar hermético, com um sentimento de temor reverencial, e, agora, luta contra a sensação de haver incorporado um profanador de túmulos. Mas, ao mesmo tempo, dominado por um desígnio ocultíssimo, é incapaz de se deter. Fora de seu corpo, vê a si próprio na cama, fumando, e Marisa de roupa íntima diante do espelho, sem saber o que vestir, como sempre, procurando nele, em seu homem, a aprovação necessária.

O que acha, coloco o vermelho? Está muito bem assim. Quer que eu saia desse jeito? Teria que chamar a Brigada Antimotim. O vermelho, então.

Com um esplêndido sorriso, Lascano se entrega ao espetáculo de sua mulher se vestindo, e desfruta, antecipadamente, do momento em que a despirá, ao terminar a noite.

Que tal?

Pálido como um coveiro, sai do quarto com o vestido vermelho nas mãos e o entrega a Eva, que o recebe com um murmúrio de aprovação e coloca-o sobre o corpo. Faz um giro gracioso e entra no banheiro. O Cachorro se joga no sofá. Em pouco tempo, ela sai, trajando o vestido. Fica perfeito nela.

Que tal?

Todo o corpo grita com Lascano para que se levante, que a abrace, que lhe tire o vestido, um pouco indignado pela usurpação, mas mais para encontrá-la plenamente e saboreá-la e querê-la e senti-la e, sobretudo, comê-la. O terror de si mesmo se apodera dele, percebe que não controla seus atos, e, repentinamente, o quarto se transforma numa armadilha onde não sabe do que seria capaz. Compreende que deve sair dali imediatamente, que não pode ficar sozinho com essa mulher nem mais um instante, e se torna abrupto.

Tenho fome. Vamos sair pra comer.

Eva percebe que o ambiente ficou estranho. Tudo foi tão rápido que nem sequer teve tempo de se perguntar por que esse cara tem um vestido em casa. Ele já está na porta, a esperá-la. Calça os sapatos como pode e sai. Quando Lascano está fechando, o pássaro, em sua gaiola, lhe dirige outro piu agudo, desta vez, incompreensível.

Ele caminha três passos à frente de Eva. *Está me dando a chance de fugir?* A noite começa a esfriar e ela, a tremer. Lascano percebe e, com galanteria de filme de mosqueteiros, tira o casaco e coloca-o sobre seus ombros. Ela se encolhe dentro da jaqueta, que a envolve também com o cheiro dele, combinado com o dos Particulares 30[22] que ele fuma sem parar, e o observa.

Não é muito alto, de estatura normal em um país de baixinhos, mas tem as costas largas. Não criou a típica barriguinha que criam os homens em sua idade, nem lhe cresceram pelos nas orelhas e no nariz. Ainda que tenha perdido alguns fios de cabelo, não muitos, tem apenas uns poucos fios grisalhos, incipientes, nas têmporas, que praticamente nem se notam. Parece bastante atlético, o que contrasta com a parcimônia de seus movimentos. Se fosse um pouco mais dinâmico, dir-se-ia que parece ter dez ou quinze anos a menos do que deve ter. Seus olhos só deixam de investigar quando cruzam com os dele, fugazmente, porque ele os afasta de imediato e parece que cora. Se não percebesse que, sob sua calma aparente, há um sujeito forte, perigoso, diria que me teme.

Entram numa típica estalagem de bairro e o garçom o cumprimenta com familiaridade e um certo assombro por vê-lo acompanhado. Sem perguntar, manda que preparem o prato do dia para dois, meia garrafa de tinto da casa e água mineral com gás. Ela tenta compreender o que está acontecendo, se é que é possível. Quando chega a comida, Lascano a devora em quatro bocados e espera que Eva ter-

---

22 Cigarro argentino (N do T).

mine a sua. Quando está na metade, ele pede desculpas e acende um cigarro. Não prestou atenção nela em momento algum e ela perdeu a vontade de entender o que está havendo. Quando está espetando o último bocado, o Cachorro pede a conta. Paga e saem. Ele abre a porta, lhe cede passagem e aproveita a ocasião para contemplá-la. O vestido lhe cai fantasticamente.

Com o ar frio da noite, sente amainar o turbilhão de sua mente e começa a recobrar o autocontrole. Distrai-se pensando na quantidade de recursos que têm as mulheres para ser bonitas. Não há roupa capaz de esconder a sexualidade de seus corpos, que a moda se ocupa em destacar. Pensa que, hoje em dia, uma mulher precisa se esforçar para ser feia; que, na verdade, não há feias, só descuidadas; e que Eva não conseguiria sê-lo nem que se esforçasse, e já não quer mais pensar. Acende – como não? – um cigarro. Três passos atrás, ela está feliz como uma menina no dia de seu aniversário. Alcança Lascano, pega-o pelo braço e se agarra a ele, que sente seu peito contra o bíceps e o sexo se pondo animado e traiçoeiro dentro das calças. Assim caminham de regresso à casa. Lascano não sabe o que fazer para que ela desgrude dele, ou para que o caminho nunca termine. Eva cantarola baixinho e, agora, apoia também a cara sobre seu braço. Seu aroma carregado de feromônios chega com violência ao Cachorro. Sente a necessidade desse outro corpo com intensidade superior a qualquer pensamento, e aperta os punhos dentro dos bolsos para não saltar em cima dela. Mas chegam à estreita porta e precisam se separar para atravessá-la. Prestes a entrar no apartamento, Eva se apoia na parede e o observa procurando as chaves, mas não de qualquer modo. Em seus olhos, há desafio; em suas pupilas, não há temor, e seus peitos se erguem e se contraem com curiosidade, ao ritmo de sua respiração. Ele abre e olha para a bunda dela ao passar. Ela sabe que ele a está olhando, ele sabe que ela sabe e se pergunta como é que as mulheres sabem que estão olhando para a bunda delas. E ouve, ou acredita escutar, a canção tristíssima que fala de amores perdidos. E ela o vê atravessar a sala, mergulhar em seu quarto e bater a porta, mas não o ouve chorar, porque chora em silêncio, mas chora. Dorme vestido. Esta noite, Marisa não vem visitá-lo. Está brava, com toda certeza. Mas ao dormir:

Estou no deserto. É noite. Sua imensa solidão transmite a mesma sensação que o mar. Está vivo, mais que presente. É tudo. Me cerca e me inunda. O deserto e eu começamos a ser um só animal. Entra em mim. Estou sentado, tentando perfurar a escuridão, e, no final, o deserto é o espelho onde circulam todos e cada um dos personagens de minha vida. Claríssimos e distintos. Todas as emoções vividas, uma atrás da outra, sem descanso, enquanto a lua rasga a noite como a barracuda o peixe. Alquimia, transmutação: eu sou o deserto e o deserto é eu. E, logo, me vejo uivando para essa mesma lua. Lá fora, o sol resplandece e infiltra com fúria seus raios na estância onde creio que sou um cavalo, uma raposa, um morcego. Onde me pergunto: quem és? És um cavalo, és uma raposa, és um camundongo?

Então desperta, cozendo-se em seu próprio caldo. Se levanta aos trambolhões e sai. No sofá, dorme Eva. Dobrou com esmero sua roupa nova e colocou-a primorosamente sobre uma cadeira. Um braço longuíssimo pende dela para fora da manta. Se aproxima, toca-lhe levemente a mão. Só para se certificar de que ela não é parte do sonho, do deserto, e que está realmente ali, viva. Está ali.

9

Um hora. Florida[23]. A pressa. O galope inflacionário que desemboca em 1979 contagia todos. Os funcionários de escritório, os especuladores e até os mendigos são tomados por uma agitação frenética. Quem tem está apressado para gastar pesos que, em pouco tempo, não valerão a tinta com que foram impressos. Quem não tem, não tem.

Ainda que estejamos passando pelos frios de agosto que levam embora a maioria dos velhos, a sensação – só a sensação – é de primavera. Não para Amancio, que está enterrado até a raiz dos cabelos em dívidas. A que mais o preocupa é a que tem com Biterman. O judeu pode afundá-lo a qualquer momento e destapar a panela na qual se cozinha seu futuro. Amancio, fraudulentamente, deu os mesmos bens em garantia de muitos empréstimos, ocultando maliciosamente seus compromissos. A questão dos cheques é a água que lhe está chegando ao pescoço. Todos os demais compromissos que firmou só podem acarretar ações civis, que, a seu passo de tartaruga e com as chicanas cabíveis, demorarão dez anos para julgar, com boas probabilidades de que terminem em nada. Mas os cheques podem mandá-lo direto à justiça penal. Se Biterman resolve pedir sua insolvência, a matilha de credores se lançará em cima dele. O resultado não será outro além da bancarrota e, com toda certeza, a prisão de Devoto. Situação que não pode conceber senão com uma mistura de asco e medo que o desperta a cada noite, pontualmente, às cinco da madrugada. É preciso deter o turco de alguma maneira, e lhe ocorreu agora uma ideia genial para sair do brete: Giribaldi.

---

23 Uma das ruas principais do centro de Buenos Aires (N do T).

Quando jovem, nos momentos livres que lhe deixavam o Liceu Militar, suas atividades na Taquara[24], as arengas do padre Meinvielle[25] na livraria Huemul[26] e as missas dominicais, Giri jogava de meio scrum no Atalaya; Amancio, de ponta direito[27]. Se tornaram amigos com as cervejas geladas do terceiro tempo, as visitas aos bordeis de Carupá e os bailes do Rowing Club ou do Atlético de San Isidro, nas quais esses rapagões encrenqueiros e fumantes, vestidos com smoking, alardeavam força. As mocinhas do Jesus Maria, do Anunciata ou do Mallinkrodt[28] adoravam excitar os machinhos, mas sentiam uma repulsa instintiva de satisfazê-los. Os garotos saíam dessas festas fervendo e furiosos. A rua os recebia em bando, loucos por uma briga. Procuravam e encontravam, sempre havia algum bronco desprevenido com quem encrencar e gastar a energia que as garotas haviam estimulado. Giri era, naturalmente, o chefe da turma. Ninguém lhe conferiu o título, ele o arrebatou como homem, à base de crueldade e porque no grupo não havia quem se atrevesse a disputá-lo. Quando alguém fazia menção de enfrenta-lo, Giri o paralisava com um olhar de falcão que fazia o atrevido recordar a forma como era capaz de se enfurecer com suas vítimas nas escaramuças de rua.

Agora criou juízo, é homem casado, um oficial do exército argentino, um sujeito empenhado a fundo na luta contra uma generalidade difusa que ele chama "a subversão". As histórias das confissões arrancadas a golpes de eletricidade, dos fuzilamentos de comunistas, de suas façanhas na repressão têm em Amancio o único confidente.

---

24 Organização juvenil de inspiração clerical-fascista, fortemente antissemita e limítrofe ao paramilitarismo, que existiu na Argentina entre 1955 e 1965 (N do T).

25 Tradicional ponto de confluência da extrema direita argentina, incluídos seus setores filonazis (N do T).

26 Julio Meinvielle (1925-73), sacerdote católico ultramontano, um dos mentores da Taquara (N do T).

27 Posições do rugby (N do T).

28 Tradicionais escolas católicas femininas (N do T).

À sombra dessa camaradagem prepotente, Amancio, como quem não quer nada, lhe pedirá conselho sobre o modo como deve tratar a questão das dívidas com Biterman. Espera que Giri lhe faça a camaradagem de tirá-lo de cima dele. No fim das contas, os judeus e os comunistas andam sempre de mãos dadas, e ele manifesta mais ódio aos filhos de Israel do que aos herdeiros de Lenin. Tem os meios e o poder para fazê-lo desaparecer para sempre, e, junto com ele, suas maiores preocupações. Com esse objetivo, caminha pela Florida como se fosse dono do mundo. Se dirige ao Augustus, onde, a pretexto de um café, sonha com a possibilidade de riscar o judeu de sua lista de problemas.

Me traz um café com creme, garotão. Como vai, Giri? Na merda. Maisabé parece louca. Não sei que porra está havendo com ela. Por que? Você sabe que ela sempre quis ter um filho. Mas bem..., não pode. Olha que tentamos tudo. Nada. Uma vez engravidou, mas, em pouco tempo, o perdeu. Aborto espontâneo. Mas vocês não iam adotar? Bom, aí está o problema. Há uma semana, trouxe um bebê. Loirinho, saudável, lindo. Mas ela teve um ataque, o vê como um monstro. Diz que tem medo dele, e faz coisas estranhas. O que, por exemplo? Não sei, o tempo inteiro dá-lhe com Deus e o diabo. Pergunta quem são os pais dele, onde estão. Não entendo. Veja: enche o saco com a história do filho e, quando tem um, passa dia e noite chorando. Ontem, a encontrei junto ao berço. O garoto berrava como um marrano e ela estava ali ao lado dele, imóvel, como que hipnotizada. Me diz uma coisa, meu velho: quem entende as mulheres? É impossível saber que merda querem. Tive que esbofeteá-la para que se recompusesse. A verdade é que está me enlouquecendo. Olha, o mais importante é que você se acalme. Mulheres são assim. Todas. Não há pica que sirva. Fica o tempo todo se remoendo com a culpa e o pecado. Tive uma ideia. Melhor que seja boa. Em San Martín, tem um cara que passou um tempo no Liceu até que descobriu sua verdadeira vocação e virou padre. Se chama Roberto, vá vê-lo e diga que eu o indiquei. É um cara legal, compreensivo. Pode contar tudo, ele os orientará bem. O que Maisabé precisa é que alguém com autoridade lhe abençoe o filho. Vai ver como tudo se resolve. Você acha? Assino embaixo. E onde encontro esse padre? Depois te passo o endereço. Não se esqueça. Já que estamos aqui, tenho um problema sobre o qual quero te consultar. Vamos ver. Você sabe que, já há algum tempo, minha situação financeira anda pra baixo.

Também, você gasta o que não tem para contentar Lara. E ela nunca se conforma com nada. Não enche. Vai me ouvir ou vai começar a dar sermão? Está bem, fala. Acontece que venho enrolando um judeu do Once e agora ele está me pressionando. O que você assinou? Cheques. Uma pilha assim. Os apresentou? Sim, e o banco os devolveu. E então? Agora, me deu prazo para que lhe pague, lhe entregue a estância ou me manda em cana. Aperta ele e tira os cheques dele. Você acha? Esses turquinhos são todos uns cagões. Tem uma arma? Tenho a nove que você me deu de aniversário. Vai lá e aponta ela pra cabeça dele. Vai ver como cospe os cheques. E se ele criar problema? Criar o quê. Te digo, esses judeus de merda latem, mas não mordem. Na hora da porrada, afinam. Se houver algum problema, me ligue e aí vemos. Certo. Uma mão lava a outra. Não se esqueça de me passar o endereço do padre. Tenho que me livrar do chilique de Maisabé de qualquer jeito. Depois te passo. Vou indo, o café é por sua conta? Tenho escolha?

10

Na escuridão do quarto, Eva se pergunta: O que quer? Todo mundo quer alguma coisa. Decide testar Lascano. *Vejamos o que pretende ou consigamos sair daqui com um mínimo de segurança*, está dizendo para si mesma, quando chega o Cachorro. Acende a luz e tira o casaco. Ela, formosa e distante, está concentrada num ponto indefinido da parede.

Algum problema? Não. Tenho a sensação que sim. Isto é um interrogatório? Só estou perguntando. E que te importa se eu tenho algum problema? Bom, não é que me importe... E se não te importa, por que me trouxe presa aqui? Como? Toda vez que sai, me deixa trancada. Quer sair, quer ir embora? Quero saber o que quer comigo. Olha, mocinha. Me chamo Eva. Perdão, Eva. Eu não quero nada com você. Sou sua prisioneira particular? Não tenho por costume manter presos em minha casa. Ah, não? E onde os desova? Não os desovo em lugar nenhum, entrego ao juiz. Não me venha com histórias, que todo mundo sabe muito bem o que fazem os tiras. É mesmo? E o que fazem? Ah, você não sabe? Olha, mocinha... perdão, Eva. Eu trato de me manter dentro da lei. Não brinque, de que lei está falando? Leis existem, o que falta é justiça. Mas quem você pensa que é, o Cavaleiro Solitário? Eu não penso nada. Só sei que tenho um trabalho a fazer e trato de fazê-lo da melhor maneira possível. Desde quando os tiras trabalham? Eu, desde os quinze anos, e você? E eu o que? Nada. O comissário misterioso. O que eu te fiz para que você esteja tão brava? O que quer comigo? Estou te protegendo. Não me pergunte por que. Protegendo. Quer que te chupe? Bem, eu chupo. Quer me comer? Bem, me coma... Eu não quero nada. Não me faça rir, vai ser o primeiro tira que... Basta, quer ir embora? A porta está aberta.

Eva se levanta e vai, decididamente, até a saída.

Perdão. Perdão por que? Porque não me dei conta. De que? De que a deixava fechada. É por hábito. Como muitas vezes não me lembro das chaves, sempre fecho para não esquecê-las. Como assim? Se fecho à chave, não as esqueço ao sair. Há muito que vivo só. Bem, vou indo. Faça o que quiser, mas, sem um tostão e sem documentos, não creio que chegue muito longe. Os milicos andam muito ativos na rua. Isso é problema meu. Tem razão. Bem, então vou indo. Pode ir.

Lascano a vê sair com uma mescla de alívio pela solidão recuperada e angústia de ausência. Caminha atrás dela, mas, ao chegar à saída, se arrepende, para e acende um cigarro.

Tudo que não é útero é intempérie. A rua se faz sinistra para Eva. Por baixo da saia de verão, se imiscui o frio por entre suas pernas, e a faz tremer. No bolso do vestido, encontrou algumas moedas. Agora, encontrar um telefone público que funcione é uma verdadeira proeza. Realiza-a, mas o resultado de suas chamadas é nulo, ou pior. No número de Domingo, responde uma voz desconhecida, de homem. Eva lhe dá sua senha e ele diz qualquer coisa. Desliga. Domingo está perdido ou em fuga. Sua segunda ligação não é atendida. À terceira, responde uma voz de mulher:

Já chegamos. Quem fala?

A resposta deveria ser *Que tal o vôo 505?* Desliga. Já não lhe resta a quem recorrer. A célula foi desbaratada. Neste momento, os sequestrados devem estar tentando aguentar vinte e quatro horas sem falar. É o tempo que se necessita para difundir o alerta entre os companheiros e para desaparecer antes de ser desaparecido. Os milicos sabem disso e a pressa os torna ainda mais selvagens. A noite se fecha, anunciando chuva. As ruas estão desoladas. Eva retrocede, saindo da avenida, submergindo-se nas sombras mais escuras dos plátanos de uma rua transversal. Na esquina, cruzam dois Falcon carregados de gorilas, os canos de suas Itakas surgem pelas janelas. Estão atrás dela ou de quem for. É noite de caça, e ela é a presa. Está desarmada e se sente despida. Tropeça numa lajota frouxa que lhe cospe água suja entre as pernas. É um sinal. Caminha quadras e quadras chorando, o frio da noite mordendo-lhe as faces úmidas, o corpo lhe pedindo trégua. Não tem onde ir, mas o orgulho torna difícil para ela regressar até Lascano – senão o melhor, o único refúgio disponível. Quando compreende isso, volta. No entanto, ao chegar, hesita, trata de considerar outras possibilidades, mas elas não existem. De súbito, a luz se acende, um adolescente sai do elevador e se dirige à saída. Eva finge estar procurando as chaves quando o menino abre e deixa-a passar. Do lado de dentro, paira um aroma delicioso de bifes à milanesa caseiros com alho e salsa, e o frio amaina. Um crocodilo se retorce em seu estômago. Diante do apartamento de Lascano, hesita de novo, brevemente, pois há gente entrando e saindo. Para evitar a campainha, dá três suaves batidas na madeira. Uma parte dela deseja que Lascano não a ouça, mas ele ficou junto à porta, fumando um cigarro atrás do outro, pensando nela, e os três golpes ressoam diretamente em seu corpo, antes que em seus ouvidos. Abre como se a estivesse esperando desde sempre. O céu fornece os efeitos especiais, relâmpago, trovão, e cai uma dessas chuvas torrenciais de gotas gordas, típica de um dia quente de março.

Você por aqui? Me perdoe, sou uma imatura. Eu é que não vou dizer o contrário. Já sei que a rua está brava. Posso ficar até conseguir meus documentos e algum dinheiro? Quem vai sem ser mandado embora volta sem ser chamado. Então posso? Com uma condição. Já imaginava. Esta noite, a senhora cozinha. Você gosta de viver perigosamente. É tão ruim assim? A verdade é que não sei fazer nem um ovo frito. Bom, te faço uma proposta. Eu te ensino. Sério? Estou morto de fome. Começamos com as lições? Vamos lá. Minha especialidade, macarrão com molho de tomates. De novo? De novo. Primeira lição: para cozinhar bem, é preciso fazê-lo com prazer. Senão, a comida fica ruim. Minha avó dizia que era com amor. Dá na mesma, e a cozinha, como o amor, tem alguns aspectos mais ingratos que outros. Por exemplo? As lágrimas, de modo que a senhora vai picar a cebola. Ah, então cabe a mim a pior parte. Como a qualquer aprendiz. Às ordens, meu comissário. Nada de se fazer de palhaça e pique. Bem fininha... Como queira. Isto é muito importante: para que o molho não fique ácido, é preciso acrescentar sempre um pouco de açúcar aos tomates. Assim está bem? Perfeito. Gosta de alho? Adoro. Maravilhoso. Não confio em gente que não come alho. Não me diga. Você é estranho, hein? Estranhíssimo. Agora, este dente de alho, você corta para mim em tirinhas fininhas... Está vendo essa raizinha verde que tem dentro? Esta? Esta. Arranque. Às vezes, é muito amarga...

No estreito espaço da cozinha, Eva e Lascano relaxam e se concentram, se aproximam e se cheiram. A comida vai tomando forma enquanto eles se roçam sem querer, mas querendo quando acontece, envoltos no aroma das cebolas e dos alhos frigindo. A pequena cozinha adquire temperatura de lar e a transmite aos corpos que se acomodam imediatamente a esta trégua. O céu tem praias onde evitar a vida, a intempérie ficou suspensa e, sob a faca de Lacano, sucumbe um pimentão robusto, vermelho como o sangue, que vai alvoroçar a fritada que ferve com entusiasmo na frigideira. Enquanto isso, a água borbulha impaciente, pedindo espaguete. As cebolas irritam Eva nos olhos e ela é tomada pelo remorso, mas sua necessidade de lar, de se alimentar com um pouco de alegria, é maior e arquiva, por ora, a dor, o medo, a preocupação, incessantes. Pega a garrafa de vinho com a qual Lascano perfumou o molho, serve duas taças e brindam como se deve, olhando-se nos olhos. Ela sente seu corpo esquentar. Um calafrio percorre Lascano, como quando o macho vertiginoso se atreve nos domínios da viúva-negra.

11

Amancio tem a claríssima sensação de que sua vida está vindo abaixo, mas, por momentos, é tomado por uma espécie de certeza louca de que tudo vai mudar. Essa ideia não provém de estar fazendo coisas concretas para melhorar sua situação econômica, mal pode administrar o naufrágio. No entanto, às vezes, sente que o milagre está para acontecer. Sonha acordado que presencia um assalto e, no tiroteio, cai a seus pés um ladrão morto com uma maleta. De algum modo, dá um jeito de escapulir da polícia com a valise, e, quando a abre, há dentro um milhão de dólares. Ou que toma um elevador com um homem que também leva uma maleta. Estão só os dois. O sujeito tem um ataque, um infarto ou o que seja, e desaba no chão. Se certifica de que o cara ficou fora de combate e leva a valise. Quando abre, um milhão de dólares. Mas não é hora de sonhar, de modo que se levanta, ajeita as calças, se passa em revista no espelho e sai do banheiro esquecendo de acionar a válvula da descarga, coisa que desperta em Lara muitíssimo ódio.

Você sempre se esquece, Amancio, sempre. Deveriam te transplantar um olho no lugar do cu para você ver as cagadas que faz.

Lara termina de se enxaguar embaixo do chuveiro. Amancio a observa das sombras do corredor, acreditando que ela não notou. Mesmo com essa ridícula touca de banho, é belíssima. Poderia se vestir com andrajos sem que sua beleza diminuísse minimamente. Se destacaria por contraste. Fecha as torneiras, tira a touca e sacode a cabeleira com um movimento circular que deixa Amancio ainda mais bobo.

Está ficando tarde. A festa só começa quando eu chego. Modesta, a dama. É a verdade. Com esses velhos decrépitos do Jockey Club, não tem problema. Me alcança o roupão.

Lara se deixa receber a peça sobre os ombros, mas, quando Amancio vai abraçá-la, escapa com um movimento ágil e calculado que comprova, uma vez mais, que está sempre um passo à frente dele. No quarto, escova os cabelos diante do espelho, sentada como uma diva de filmes de telefone branco, sem deixar de admirar a si mesma. Motivos não lhe faltam.

Amancio, por que não serve um copo?

Na verdade, não sabe se quer mesmo beber, mas não quer lhe dar o prazer de vê-la nua e, de quebra, se poupa o trabalho de rechaçá-lo quando se tornar insinuante e pedinte. Rapidamente, veste a roupa íntima. Provocativa sim, entregue nunca, ou, pelo menos, não nesta ocasião, nem com este. Quando seu marido regressa fazendo tilintar o gelo nos copos, se sentindo bastante dono da situação, Lara já está vestindo o vestido negro que, em Paris, custou a Amancio o mesmo que cinco Hereford. Esse vestido, que é uma noite estrelada pintada no corpo de Lara, é a demonstração palpável de que o espaço é curvo.

O que vamos fazer? Vamos à festa do Jockey. Isso eu já sei. Não estou entendendo. Pergunto pelas férias de inverno. Não sei, vamos ao campo? Que tédio, Amancio, não te ocorre nada melhor? Como o que? Faz mais de um ano que não viajamos para lugar nenhum. Onde você gostaria de ir? Ibiza não seria ruim. A situação não está para Ibiza, querida. Me parece é que você não está nem para a lagoa de Chascomús.

Enquanto Amancio sai de cena, Lara toma um bom gole de seu copo e faz para o espelho uma encantadora careta de fastio.

Pérez Lastra se aproxima do arsenal desolado: só lhe restam a Sauer 12 grande que herdou de seu pai e a 9 mm que Giribaldi lhe deu de presente em seu aniversário. A Remington, o Winchester, a Skorpio de cano duplo sobreposto e todo o resto tomaram o rumo do Banco Municipal de Empréstimos. Amancio esperava recuperá-las antes do vencimento das prestações do penhor. Mas o ladrão ou o *businessman* com o milhão de dólares não apareceram e as armas passaram a mãos estranhas, sob o martelo implacável do leiloeiro. Maldiz sua sorte. Se afasta, ofuscado, da vitrine, e grita para Lara que a espera embaixo, no carro. Lara repete seu pequeno gesto com uma variante maliciosa, o segundo gole lhe encheu os olhos de faíscas e o ânimo de festa. Sabe que, se quiser se divertir, terá que enquadrar Amancio.

Quando chega à calçada, precisa desviar do caminhão de coleta de lixo e da admiração que desperta nos rudes, fornidos e sujos trabalhadores.

Minha mãe! Com essa bunda, deve cagar bombons.

Ao escutar a cantada, Amancio faz menção de descer do carro. Lara o contém.

Calma, menino, que não quero terminar a noite no hospital.

O percurso é curto e silencioso. Lara se acomoda, contrariada, com a cabeça voltada para a janela.

Está chateada? Estou é farta. Farta de que? Não se faça de idiota, Amancio, você sabe muito bem. Tudo se resolverá logo. Muda o disco, esse já riscou. É que você leva tudo a ferro e fogo. O que acontece é que você não faz nada para melhorar a situação. Pra você, tudo é um problema. Estava esquecendo, perdão, o senhor não tem nenhum problema. Tenho um trunfo que vai resolver tudo. Espero que não seja outra de suas ilusões e que haja re-sul-ta-dos. Se vira, idiota. Ouviu?, quero resultados. Com sua ajuda, vou obter muitos resultados. O que disse? Nada, não disse nada. Seus murmúrios me deixam doente. Não misture as coisas, estava cantando. Você, em qualquer momento, vai cantar noutra freguesia. Vai cagar.

O salão está repleto de grã-finos. Todos muito elegantes, os cavalheiros de smoking, as damas de *soirée*. Em meio aos civis, se misturam uns quantos militares em uniforme de gala, de coronel para cima. Em silêncio, Lara e Amancio se sentam à mesa decorada. Ele conseguiu um convite especial para Horacio. Quer impressioná-lo e, por meio dele, cair nas graças de Biterman, o agiota, para conseguir maior prazo e, talvez, mais dinheiro. Quando o convidou, ficou louco de contentamento, sempre sonhara pôr os pés nos salões que congregam os burgueses de sangue azul. E lá vem, pairando sobre os concorrentes, a cabeleira vermelha de Horacio, abrindo passagem, atleticamente, entre as bem cultivadas panças dos latifundiários. Amancio fica de pé para recebê-lo.

Como vai, meu velho, como vai? Passe adiante. Te apresento Lara, minha mulher. Encantado. Seu marido havia me falado de você, mas creio que foi pouco. Com Amancio, sempre é pouco. Lara! É uma piada, bobo. Nos serve champanhe? Claro. Bom, vamos brindar. E a que brindamos? Nada me parece melhor que brindar a você, Lara. Seu amigo é muito galanteador, você o tinha escondido? Deveria nos visitar mais seguidamente. Não faltará oportunidade.

Lara presta atenção em Horacio. O que ele interpreta como interesse feminino é, na realidade, a veloz radiografia que ela faz de qualquer homem que lhe aparece: no caso, um pé-rapado como seu marido, embora bonito e com mãos de pianista. Uma remexida com o moço é uma possibilidade a se considerar. Vislumbrando por cima dos dois homens que a acompanham, o sorriso de Lara se ilumina. Notou que se aproxima Ramiro, meio primo, amante ocasional, sempre sedutor, sempre elegante, sempre exuberante, em todos os sentidos. Ao passar por Amancio, Ramiro lhe dá um tapa nas costas, um pouco forte demais.

Nada mais e nada menos que os Pérez Lastra. Como vai, meu velho?

Ninguém pode cair pior a Amancio que Ramiro. Sempre, desde meninos, o tratou com desprezo e, embora seja dez anos mais novo que ele, nunca pôde superá-lo em nada. Ramiro é um excelente esportista. Sente inflar-se o velho rancor quando beija sua mulher em ambas faces, à francesa, perto demais das comissuras, demorado demais nelas.

Lara, cada dia plus adorable. *E você, cada dia mais jovem. Como faz? A boa vida é minha receita. Fazer o que se quer, quando se quer e com quem se quer.*

Nota a presença de Horacio, lhe estende a mão com um larguíssimo sorriso.

Ramiro Elicetche Barroetaveña, muito prazer. Horacio Biterman, encantado. Biterman... com um ene ou com dois? Com um... Bem, se os cavalheiros não se opõem... Lara, me concede a honra de dançar comigo? Encantada.

Amancio os vê distanciarem-se até a pista de dança, de mãos dadas e cochichando entre risos. Horacio o tira do caldo em que começa a ferver, apontando para Lara com a cabeça.

Parabéns. Obrigado. Ainda que às vezes... Às vezes o quê? Veja, estar com uma mulher tão jovem e bonita, em alguns momentos, é como fazer o serviço militar. Você tem que estar disponível para todos os seus caprichos, para suas idas e vindas. Imagino que deve ter suas compensações. Tem, mas com menos frequência do que sonha sua fantasia. É o que eu digo, meu velho. Todas as mulheres, jovens ou velhas, costumam ter dor de cabeça, ou ficar indispostas, ou sei lá o quê, escolha a desculpa que quiser. A verdade é que o programa sempre parece o mesmo. Tenho uma amiga que sustenta que as mulheres, na verdade, não gostam de trepar. Eu creio que gostam, mas não gostam de gostar. Agora me conte, como você, que é velho, feio e pobre, faz para fisgar um mulherão como este? Com paciência, meu querido, com muita paciência. Mas bem, vamos ao nosso assunto. Não sei o que fazer com o seu irmão. Conseguiu combinar alguma coisa com ele? Nem me fale. Seu irmãozinho, meu querido, é impossível. Agora, enfiou na cabeça que quer tudo de uma vez só. Te apertou. Como uma laranja. Eu lhe disse que não podia querer extrair suco de um tijolo. Mas ele foi duríssimo. Não sei o que está acontecendo ultimamente com ele. Está mais miserável que nunca. A verdade é que me deu vontade de arrebentá-lo contra a parede. Também tenho vontade, muitas vezes. Não posso acreditar que sejam irmãos. São tão diferentes... Sempre fomos muito diferentes. Ele gosta da grana sobre todas as coisas. Eu gosto de viver. Ele só vive para acumular. Não sei como segurá-lo. Agora, resolveu que vai me tirar La Rencorosa. Se fizer isso, é meu fim. Se ele me processar, me cai toda a horda em cima. O que acontece é que ele está de olho grande no campinho. Um amigo me aconselha que vá lá e lhe tome os cheques no braço. Assim, que nem homem? Sim, que o ameace, ele garante que Elias deve ser um cagão. Ele o conhece? Não. Então, como sabe? Sei lá, deve imaginar pela descrição que fiz.

As entrelinhas acertam Horacio no saco: os judeus são cagões. Escutou isso mil vezes, no primeiro e no segundo graus. Em seu íntimo, se ata um nó de rancor e desprezo: *Se este idiota soubesse quem é Elias*. A história de seu irmão e as poucas vezes em que o viu furioso bastam para lhe inspirar um temor absoluto. Debaixo do agiota calculista e contido, há uma fera pronta para atacar. Um homem resoluto, alguém que já matou e está em condições de fazê-lo de novo. Amancio acredita que pode assustá-lo facilmente. Se o convence a ameaçar Elias, o resultado só pode ser que um dos

A agulha no palheiro | 87

dois, ou os dois, acabem mortos. Se seu irmão morre, ele é o único herdeiro. Se morre Amancio, o mundo não perderá muito. O risco é que a coisa dê errado e se descubra sua cumplicidade, algo que sempre se pode negar. O mais provável é que, quando o apertar, Elias pule em cima dele e não lhe deixe outra alternativa senão liquidá-lo. De todo modo, é uma ficha apostada no cinco, se sai o cinco, ótimo, e se não sai, não ficará muito pior que agora. O prêmio bem vale o risco, conclui.

Claro, a ideia não é ruim, mas tem que lhe dar um susto dos grandes para que ceda. Como? Veja, Elias tem pavor de armas de fogo, é algo que lhe ficou da guerra. E então. Tem uma pistola? Tenho. Vá vê-lo e aponte-a para ele. Às sete, eu caio fora. De modo que, se você chegar depois, o encontrará sozinho e eu não me verei obrigado a intervir. Você acha? Olhe, tenho outra ideia: para você pegá-lo de surpresa, te dou as chaves. Você entra sem fazer barulho e lhe dá um susto de morte. Vai ver como amacia. E se não amaciar? Te digo que amacia. É meu irmão, não o conheço? E se ele se faz de louco? Bem, você estará armado. O que está dizendo? Para bom entendedor, meia palavra basta. Está louco? Quem está louco é você, se pensa que vai convencê-lo por bem. Ele vai te arruinar. Estou te avisando. Mas percebe o que está dizendo? Na pior das hipóteses, se Elias morre, se resolvem todos os seus problemas e, de quebra, os meus também. Não sei, meu velho, creio que...

Pam, pam, papam. O baile se interrompe repentinamente e, como se fosse a hora de Pavlov, toda a audiência se põe de pé. Unânime solenidade ante os acordes do hino nacional. Os militares ficam em posição de sentido e ostentam patriotismo com tensas continências. Se canta o "Oíd, mortales"[29], alguém exibe ao público um pretensioso tom de barítono. Lara e Ramiro aproveitam para se acomodar no local mais distante da pista, fora do campo de visão de Amancio. Horacio está interessado em alguém à sua direita. Com os repetidos "juremos con glória morir"[30], termina a homenagem à pátria e há estrondo de

---

29 "Ouçam, mortais", primeiro verso do hino nacional argentino (N do T).

30 "Juremos com glória morrer", último verso do hino nacional argentino (N do T).

cadeiras enquanto regressa o caos de risos e vozes. A visão da presa desperta em Horacio o instinto predador.

Viu quem está aqui? Quem? A Quiroga, há tempos quero comê-la. Licença, um momento. Está bem.

Horacio se aproxima da mesa onde se encontra Isondú Quiroga, jovem representante da nobreza provincial, três vezes Rainha da Erva-Mate, filha do proprietário do maior erval de Misiones. Tem tanto de dama quanto de animalzinho chucro e seus olhos brilham como dois carvões em brasa sobre sua pele azeitona.

Está prestes a devorá-la, pensa Horacio, já sentado perto de seu sorriso. Amancio, com não pouca inveja carcomendo-lhe a alma, ficou pensativo e só em sua mesa. De súbito, se lembra de Lara. Em vão, percorre todo o salão com o olhar: desapareceram. Se serve uma taça de champanhe e a faz descer pela garganta. Percorre o lugar, revista os salões contíguos, nada, volta à mesa e se senta novamente. Passa uma hora, duas, algum conhecido fala ocasionalmente com ele, que não para de rastrear sua mulher. Outra hora passa, os convidados começam a se retirar, a festa começa sua agonia. Amancio não parou de beber e de procurá-la, mas seus sentidos começam a traí-lo. Horacio se aproxima para se despedir, sussurra-lhe ao ouvido...

Como conversamos. Caso queira, esta é a chave de baixo, e esta, a de cima. Amanhã, vai ficar até tarde. Pense bem. Minhas lembranças à delicinha.

... e sai do salão enlaçado pela cintura com Isondú. Amancio observa as chaves que lhe entregou como se fossem um talismã. Quando se convence de que Lara não voltará, enfia-as no bolso, se levanta e se dirige até a rua. Na calçada, se dá conta de que está bêbado demais para dirigir e pega um táxi até sua casa. Sua cabeça é um *maelstrom*. Horacio lhe disse que, se for preciso, mate seu irmão. Essa morte seria a melhor solução para seus problemas. Mas matar um cara... não sabe se está disposto. Dar-lhe um susto, pode ser, mas matá-lo? Por sua imaginação, passa o cadáver de Biterman e a cena lhe repugna. Ouviu Giribaldi contar que muitos, na hora de morrer, cagam nas calças. Se o medo não der resultado, sempre posso pedir a Giri que se encarregue do turco. No fim, um morto a mais, que diferença faz para ele?

Amanhece. Amancio, com seu smoking desalinhado, dorme na poltrona da sala. E continua dormindo até quase as sete da tarde, quando o ruído da porta o desperta, sobressaltado. É Lara que regressa, esgotada.

Chegou a dona da casa. Ai, Amancio, não comece. Pode me dizer onde estava! Não me faça lembrar, que volto. Você esteve a noite toda e o dia todo fora de casa, pode me explicar o que aconteceu. Não aconteceu nada, o que poderia ter acontecido? Ramiro nos convidou até seu iate e você sabe como são essas coisas. Quando a gente está se divertindo, o tempo voa. Claro, é muito divertido que a mulher de alguém desapareça um dia inteiro. Não se altere, que vai te subir a pressão e você já tem problemas suficientes. Quem não tem problema algum é você. Não acha humilhante que comece a flertar de forma descarada na minha frente e depois me deixe plantado diante de todo mundo? Não diga bobagens. Bobagens, nasceu puta e vai morrer puta. Pelo menos eu sei o que sou. Você é puto e não se deu conta. O que disse? Dez mil. Como? Disse que dez mil. Do que está falando? Do que você me afanou da carteira outra noite. Não sei nada disso. Olha, eu podia estar dormindo, mas não tanto. Me deitei com trinta mil pesos e acordei com vinte. Mas você acha que eu preciso te afanar dez paus? Da outra vez, me roubou cinco. Não enche. É melhor que você mostre algum resultado. Eu não vou te bancar muito tempo mais. Aqui, quem tem que se estabelecer é você, ou não é o homem deste negócio? Me entendeu? Você só pensa em dinheiro. Olha, mamãe me ensinou que quem me despe, me veste. E não me venha com seu arzinho campestre, querido. No fundo, você é um vulgar gigolô. Cada qual tem o que merece. Você me enganou com o golpe do estancieiro, mas já caíram todas as suas máscaras. Estou te avisando, está com os dias contados. Melhore a situação ou, a qualquer momento, não vai ver mais minha cara. Simples assim? Simples assim.

Lara desaparece em direção ao dormitório e deixa Amancio mastigando raiva e impotência. Se serve um copo de whisky e o engole como uma chicotada, mas seu estômago rechaça a bebida e o obriga a abraçar o vaso sanitário do banheiro de visitas e vomitar até que não lhe restem mais que uma dúzia de ânsias secas e dolorosas. Se levanta como pode, regressa à sala de estar e despenca novamente na poltrona. Lá pelas onze da noite, desperta para ver Lara a ponto de sair novamente.

O que está fazendo, onde vai? Vou tomar um café com uma amiga, algum problema? Não, porque se você tiver algum problema, a porta é logo ali. É logo ali pra você também. Sim, mas quem paga o aluguel sou eu. De modo que me parece que quem tem que sair é você. Chega, Lara. Isso digo eu. Chega, não quero brigar com você. Isso me parece ótimo. Não seja tão pessimista. Já tenho muita pressão. Não me faça mais. Não acha que já faz muito tempo que venho bancando tudo? Tenha um pouco mais de confiança em mim. Eu confio em você o tanto que você quiser. Mas não vai ser a confiança que pagará as contas e, com este assunto, eu já estou me sentindo a rainha das otárias. Você vai ver que logo resolverei tudo. Melhor pra você.

Desolado e confuso, Amancio ouve o elevador se abrir e fechar, o motor distante no terraço de sombras. Como um relâmpago, pensa que saiu para se encontrar com Horacio. Mas não, não tiveram oportunidade de combinar. Não estiveram a sós em nenhum momento. Mas a troca de olhares ardentes não lhe passou despercebida. Amancio está apaixonado por Lara, envolvido até o pescoço. Sente, sabe que é muito mais do que merece. A história da amiga, não engole nem por um átimo. É Ramiro, então, ou seu chefe, esse Polaco com um sobrenome que tem mais consoantes que vogais. E ele não pode fazer nada para impedi-lo, como tampouco pode evitar que o sangue lhe suba à cabeça e lhe dê um nó no peito. Não tem poder algum sobre Lara, nenhuma influência, nada que interesse a ela de modo a adoçar-lhe a postura. Lhe impôs um prazo e o tempo está passando. Se serve e empina um Tres Plumas[31]. A bebida é uma manada de gatos raivosos que cai por sua garganta. Toma mais um para afogá-los, e outro, e mais outro. Finalmente, começa a serenar-se e a imagem de Lara nua em cima do Polaco se desvanece e perde importância. O corpo se refrescou, a dor se anestesiou e o ódio esfriou. Após o quinto ou sexto trago, estilhaça contra o piso a garrafa vazia e pensa que Biterman, os judeus, os polacos, são os culpados de que tudo esteja acabando. Vai à cristaleira, tem nos lábios um sorriso bobo. Abre a gaveta, tira a 9 mm. Acaricia-a, está tão fria quanto ele próprio. Abre a caixa de balas com ponta de aço, extrai o pente da culatra, carrega, um por um, os oito cartuchos e a coloca na cintura. Na caixa, restou um último projétil; enfia-o no

---

31   Licor argentino barato (N do T).

bolso. Vai ao quarto de dormir, procura sua jaqueta Félix[32], que já está começando a descascar a lustrina nas golas, e veste-a. Ajeita a gravata de escudos e sai.

Vou ensinar a esse judeu de merda com quantos paus se faz uma canoa.

Quando abre e fecha as portas do elevador, e ouve o motor acima, pensa que também ele pode ir, e vai, com a sensação de que, agora, tudo mudará. Que é o judeu quem lhe traz má sorte. Sente que está no controle da situação.

---

32 Marca argentina de roupas em estilo berrante (N do T).

12

Parecia prisioneiro dentro de seu corpo. Sempre apressado, como que tratando de sair da carne. Sempre correndo, sempre fugindo, sempre sedento, sempre à frente, sempre atravessando as ruas sem olhar. Eva passa o dia todo pensando em Manuel. A falta de futuro. A clandestinidade tem o efeito devastador de fazer com que tudo adquira caráter provisório, precário, obscuro. A calentura que despertou neles, quando ainda eram militantes de superfície, naquela manifestação diante do Ministério do Bem-Estar Social, em coro junto a duzentas mil vozes: *López Re López Re López Rega pra puta que te pariu*[33] não evoluiu em amor verdadeiro, se é que tal coisa existe. A causa foi mais importante, e o futuro, uma sentença de execução diferida sem que se soubesse por quanto tempo. Manuel nunca seria o pai de seu filho. Sua morte não é mais nem menos que a confirmação dessa certeza. As missões os separaram e cada um enfrentou, convicto, a singular tarefa de mudar o mundo pela força, quisesse o mundo ou não. Eram parte de uma juventude violentamente catequizada pelas palavras dos novos profetas, como o Che, que, para a breve história dos jovens, se expressava com frases célebres: *Deixe-me dizer, sob risco de parecer ridículo, que o verdadeiro guerrilheiro está guiado por profundos sentimentos de amor*. A morte e o sexo, que vêm sempre misturados, se combinaram neles em proporções desequilibradas. O resultado foi um coquetel letal. Aquela última vez que ele a habitou, velozmente, como num sonho, às pressas, no esconderijo de Villa Martelli, não foi suficiente para o orgasmo nem para que ele se desse por achado do atraso, do estado de graça, dessa ideia cada vez mais urgente de abandonar a luta armada.

---

33 José López Rega, ministro e eminência parda do último governo de Perón (1973-74) e do de sua viúva Isabelita (1974-76), líder máximo do paramilitarismo de direita atuante naquele momento e antagonista da juventude revolucionária argentina de então (N do T).

Eva não quer morrer, não quer que lhe matem a criança que cresce dentro de si, cuja presença as sensações de seu corpo atestam melhor que qualquer exame. Se alegra por não terem capturado Manuel vivo, por ele haver se lançado ao enfrentamento e, pela morte, haver poupado seu corpo ao tormento da churrasqueira, do submarino, das pancadas e dos simulacros de fuzilamento. Se odeia por ter isso como único consolo e o odeia por haver se imolado. E, por mais morto que esteja, não o perdoa por não ter se dado conta, por não ser o pai de seu filho, por não ter estado mais perto. Agora, lhe soam gráficas as palavras de Nuria Espert[34] recitando *Yerma* num teatro da rua Corrientes sobre uma lona estirada, quanto pergunta à vizinha grávida, com a nostalgia do que nunca se terá:

O que se sente estando grávida? Alguma vez tivestes na mão um pássaro vivo? É igual, mas por dentro do sangue.

Hoje, o mundo lhe parece mais distante e se sente menos responsável por ele. Agora, deseja viver, e sonha com o momento em que colocará suas tetas, que já começam a arrebentar-lhes os sutiãs, na boca da criança que flutua dentro de si e que não sabe nada da estupidez dos homens. Sente uma necessidade nova, imperiosa, imediata de ser abraçada. Está sozinha nessa casa estranha, da qual pode ir embora facilmente, mas Eva não quer mais escapar, quer estar assim, esticada no sofá, vendo como passam as horas, desfrutando deste silêncio ou, ao menos, da amortização do estrondo do mundo. Só quer incubar e, por um momento, lhe dá vontade de rir, de cacarejar ou de chorar. Sua pele ficou mais lisa, mais macia, o cabelo mais brilhante. Imagina uma menina. Fazendo-lhe tranças para ir à escola, para que os piolhos não... Imagina um menino no parque, com uma bola vermelha. O mundo pode até não ser melhor para todos, mas pelo menos para meu filho. Pensa, recorda:

... Fui tão longe no lago de sangue que chegar à outra margem é tão difícil quanto voltar atrás...

... e sabe também que não quer voltar atrás, que não pode desengravidar, e tem medo. Está claro para ela que só existem dois tipos de covardes: os que fogem para trás e os que fogem para a frente. Este é o momento de planejar a fuga, pois está cercada. Tem a sensação de ouvir os latidos dos cães da ditadura farejando as ruas em sua busca,

---

34 Atriz catalã nascida em 1935, de enorme prestígio na Argentina (N do T).

as bocas babosas. Eles podem farejar seu suor, seu aroma de fêmea prenhe. Afugenta esses pensamentos porque, de nenhum modo, permitirá que entrem nela. Quisera voltar a ser menina, sentir-se protegida, evadir-se da preocupação, e sonha com outra geografia, sonha com o mar e começa a organizar seu exílio.

Balanço: estou viva. Por ora, este refúgio é perfeito. Estou na casa de um tira que não faz perguntas, que me intriga: o que quer comigo? Diz ele que me ajudar. As três coisas que necessito começam com D: dinheiro, documentos, disfarce. Vamos testá-lo. Há os dois maços de dólares que Tony Ventura deixou escondidos no bordel, que ficaram lá e Lascano não viu. Tenho que achar um jeito de chegar até eles. Não posso me apresentar na casa diante de um eventual vigia e lhe dizer que preciso buscar algo que esqueci. Nem sequer me atrevo a sair sozinha à rua. Tenho que imaginar algo para que Lascano me abra essa porta. Documentos. Nisto sim, pode me ajudar; o Departamento de Polícia é o principal produtor de documentação falsa, mas como pedir isso sem me revelar. O disfarce é o mais fácil. O tailleur castanho que está no closet, ainda que seja de verão, me transformará, assim que eu o vestir e fizer um coque, numa senhora grã-fina do Bairro Norte. Então, terei que agir sobre Lascano. Estudemos seus movimentos. Me dedica uma rara mescla de admiração e temor. O que está acontecendo com esse cara? Quando me encontrou, foi como se tivesse visto um fantasma. O que está acontecendo com ele?, tenho que saber mais.

Eva se levanta, vai até a cozinha e prepara um chá. Com a chávena na mão, dando pequenos goles com borbulhas no líquido quente, desfrutando da sensação de língua estragada, como quando era pequena, caminha pela casa. Se enfia no quarto, abre as gavetas, inspeciona-as tomando cuidado para que tudo volte ao lugar e posição em que estava. Cuecas, meias, camisas, lenços, gravatas. O fundo da gaveta da mesa de luz está forrado com borracha. Há vários maços de cigarros vazios, papéis, uma caneta esferográfica sem tinta, um emaranhado de faturas velhas que confere sem demasiada expectativa, gás, luz, telefone, caixinhas já sem fósforos, kipple[35]. Quando os devolve a seus lugares, nota que algo faz volume sob a cortina, ergue-a e acredita ver um espelho, mas não, é uma fotografia. Ali

---

35 Termo extraído de *O caçador de androides*, de Phillip K. Dick, para designar uma totalidade de objetos sem serventia clara que se acumulam de modo inconsciente ou inercial (N do T).

está ela mesma no Ital Park[36], abraçada a Lascano, ambos sorrindo para a câmera. Cai sentada na cama, agora é ela quem vê um fantasma. Vai ao banheiro, se olha alternadamente no espelho e na foto. Compreende porque esse homem a protege, a ajuda. Se dá conta de que essa mulher o abandonou ou morreu, seguramente a última hipótese, pois ele tem a expressão apagada do viúvo prematuro, e entende porque não sabe o que fazer com ela. Nesse instante, tudo se torna claro, volta à cama dele e examina a foto mais detidamente. Pode vê-los felizes, amando-se, enquanto, por trás, na montanha russa, no carrinho que desce a toda velocidade sob luzes fúcsia, verde e amarela, as pessoas se precipitam, aterrorizadas e fora de foco. Lascano tem um belo sorriso que ela nunca viu. Sua pele brilha, em contraste com essa cor de mate amargo que tem agora, e entende sua dor, a ventura perdida. Uma lágrima cai e corre sobre os sais de prata imobilizados para sempre sobre a placa. Desmorona, se abraça ao travesseiro que retém seu perfume e chora e chora sua própria dor até que se apagam as luzes do dia. Dorme e, no sonho, se misturam Lascano, seu filho crescendo por dentro dela, a mulher da Polaroid e ela própria. Há um parque onde o gramado se encontra com o mar, onde tudo é amável, sincero e fresco.

Ruídos. Eva se levanta de um salto, esconde a foto e escapole, enquanto Lascano, de costas, está girando a chave. Ela finge que sai do banheiro, com o coração a soca-la por dentro, e suas faces se acendem. Se insinua para ele com um sorriso que é como um fosfeno que se apaga rapidamente, como se, de súbito, houvesse se lembrado de uma grave e triste obrigação. Se dá aqui esse instante em que os olhos de homem e de mulher se conectam, ambos sentem que a coisa ficou séria. Tentam ocultar essa revelação e se põem em movimento ao mesmo tempo, os corpos tropeçam; o desejo lhes espetou o garfo e não vai mais soltá-los, ainda que, por ora, cada um tenha se recluído em sua própria solidão. Ela, ao menos, tem a criança a lhe refrescar a barriga. Ele não tem nada mais que a imagem que encontra sob o travesseiro sem se perguntar como foi parar ali, acostumado como está a que Marisa o aborde em qualquer momento, em qualquer lugar. Na sala, Eva quer rir e chorar, enquanto vai adormecendo no sofá. Amanhã será outro dia, dizia sempre sua avó, campeã do óbvio, quando lhe dava o beijo tranquilizador da boa noite.

---

36 Parque de diversões que existiu entre 1960 e 1990 onde hoje é o Parque Thays (N do T).

13

Não o ouviu sair. Ao abrir as gelosias, escorre pela janela uma quinta-feira esplêndida, que a faz sentir-se cheia de vida. O relógio lhe revela que dormiu doze horas seguidas. O corpo agradece. Pensa em Lascano, em sua tristeza, em seu não saber o que fazer com ela, com essa réplica de sua amada que lhe apareceu e de quem cuida como se, de algum modo, estivesse protegendo sua mulher morta. Tem idade suficiente para ser seu pai, mas não é. Sempre se sentiu atraída pelos homens mais velhos. No segundo grau, quando suas amigas cochichavam sobre os rapazes do quinto ano, ela preferia fantasiar com os pais de suas colegas. Umas boas rugas lhe sorrindo nos cantos dos olhos tinham para ela mais poder de sedução que as poses afetadas dos adolescentes, sempre querendo parecer mais homens, sempre tentando que o menino se solte deles. Para Eva, era muito mais sedutor um homem maduro em boa forma, cujo menino se expressasse livremente porém à vontade, e não à traição, quando menos se espera.

Coberta por um lenço florido que a precede em dez anos e empurrando o carrinho das compras, sai. Vai à feira que, todas as quintas, corta uma rua próxima ao estrondo dos automóveis. A liberação das importações despeja sobre as bancas frutas de todas as cores: mangas, ameixas, peras, mamões, e melões no mais forte do inverno. Os verdureiros, em suas barracas, gritam suas ofertas; os açougueiros cantam as moradoras, distraindo-as, enquanto enganam-nas com a balança. Este é um mundo à parte, um breve recreio, um oásis de tangerina que dura meio dia e enche de saladas os carrinhos de compras. Olhem só que ovos, garganteia, malicioso, o da granja, ao passo de Eva. E ela olha os ovos dele, e realmente são lindos. Marrons, grandes, lisos. Leve, dona, são de gema dupla.

A tarde é na cozinha. Leva ao forno um lagarto recheado com toucinho, alho, salsa e cenoura, rodeado de batatas, como fazia sua avó.

Dez minutos de forno a fogo alto, para que doure; depois, diminui a chama à metade e, em uma horinha, estará pronto o manjar. Algo simples e saboroso com que quer receber e agradar seu protetor. Por que? Porque cuida dela e porque, sabe, ele será o salvo-conduto que a levará para longe deste pesadelo em que se converteu esta pátria na qual não quer pensar, e também porque sim. Agora, quer se antecipar, ver-se na praia com sua menina, desfrutando do horizonte, e amá-la, e lhe contar de tal modo que ela não tenha que passar por tudo que sua mãe tem que viver. *E se for homem?* Aí, a coisa fica mais difícil, não consegue se imaginar com um menino. *Como, de que se fala com um homenzinho?* Assim, para seus sonhos, decide que será menina, senão veremos. A casa se enche de cheiro de comida. Tem a sensação de que é domingo e se descobre ansiosa pela chegada de Lascano, que, hoje, está demorando mais que de costume. A apreensão de que possa ter acontecido algo com ele lhe aguilhoa o peito, mas, nesse momento, a porta se abre.

Não olhe. Tenho uma surpresa. O que é? Se eu disser, não é mais surpresa. Fecha os olhos e me dá a mão. Mocinha, deixe de bobagens. Não são bobagens, estive trabalhando a tarde toda. Vamos ver. Pode abrir. O que é isto? Fui eu quem fiz, sozinha. Bom, vamos provar.

O Cachorro, com precisão cirúrgica, parte em duas a rodela de toucinho que solta fumaça em seu prato, justo onde a massa de vegetais lhe perfuma o coração. Corta um triângulo que inclui parte da verdurinha, da polpa vermelha do centro e da fina crosta dourada, e o leva à boca. Não se equivocou a mocinha na escolha do corte. Ah, carne argentina! Consistência perfeita, não tem a maciez dócil do filé, o lagarto exige luta, é preciso triturá-lo com os dentes para que derrame seus sucos sobre a língua com a saborosa cumplicidade do alho e da salsa. Reconfortante, a proteína lhe cai pela garganta, alegrando-lhe a alma. À hora de comer, torna a ser o menino que retorna do colégio. Lascano serve vinho. Eva espera sua reação.

Você não come? Isto ficou perfeito. Gosta? Está delicioso.

Os olhos de Lascano saltam da carne às batatas, à taça, a Eva, a sua boca, e sorri com franqueza.

De verdade, mocinha, brilhou. A carne não tem segredos pra você.

A insinuação chega até ela sem avisar, como à traição.

Falando em carne, ainda falta o melhor. Ah, sim, e o que é? A sobremesa. Também foi feita por você? A ideia é que façamos os dois. Com que ingredientes? Mistério, silêncio, a chuva e o vento. E como se chama essa sobremesa? É francesa, se chama petit mort[37]. *Não sabia que falava francês. Há muitas coisas que não sabe sobre mim. Isso é verdade. Não tem curiosidade? Um pouco... O que tenho que fazer para que perceba que estou morrendo por você? Mocinha, te prefiro viva. Vai se fazer de idiota por muito tempo ainda? Enquanto eu puder. E por que? Me perdoe, mas eu não sirvo mais para essas coisas. Que coisas? Essas coisas românticas, o jantar, as expressões, as insinuações. Todo mundo serve para essas coisas. Quem não serve, é porque morreu e não o avisaram. É provável que tenha razão. Está com medo. Eu já sei como isto termina. Ah, sim? E como termina, se é que se pode saber? Um dos dois acaba sofrendo, ou os dois. E qual o problema? Vai ver, você gosta de sofrer. Eu não. Então, se pensa assim, por que não se mata? O que tem isso a ver? Algum dia, vai morrer, bem sabe. Todos vamos morrer um dia. Não amar por medo de sofrer é como não viver por medo de morrer. Filósofa, a senhorita? Cagão, o senhor? Não fique assim. E como quer que eu fique? Acha que não percebo como me olha? Vamos, meu velho, se o desejo te sai por todos os poros. Você disse a palavra certa: velho. Eu sou muito velho pra você. É verdade que me atrai, você é muito bonita, mas eu não sirvo mais para essas coisas. Mas será possível? Me mato te preparando uma surpresa, me insinuo o tempo todo e você não cai em nenhuma. O que te provoco, nojo? Claro que não, como vai me dar nojo? O que acontece é que o amor é muito perigoso. Mas veja você. Um cara que passa a vida lidando diariamente com delinquentes e assassinos tem medo de umas carícias. Isto sim, é uma surpresa. Olha: para mim, um enfrentamento armado, um tiroteio, me deixam frio como um peixe, mas tenho aversão aos assassinatos em massa, às catástrofes. E daí, o amor é uma catástrofe? Me desculpe. Catástrofe. Não percebe que isso é a única coisa que você tem? Não me olhe com essa cara de trouxa. Estamos vivos agora, estamos sozinhos, eu te atraio, você me atrai. Você está a fim de mim, eu estou a fim de você. Isto é a única coisa que existe. Amanhã, poderemos estar mortos, os dois. O que espera, o rabecão? Eu não espero mais nada. Então, vá chorar sozinho,*

---

37 Orgasmo (N do T).

vá morrer sozinho. Está brava? Sim, e muito. Isto é uma briga? Não, um desenhinho animado. Esta é só a primeira de muitas. A segunda. Eu, neste momento, te digo, passaria a vida brigando com você. Percebe? Já estamos loucos. E a quem interessa estar são neste momento?

Silêncio. Lascano, recolhido a uma extremidade do sofá, simula interesse e curiosidade pela ponta de seus sapatos. No outro canto, montada sobre o braço, Eva o contempla. Cada um de seus músculos está tenso. Toma ar e se distende, se deixa cair suavemente até o assento e, ao fazê-lo, chuta-o suavemente. Não vai deixá-lo escapar assim tão fácil. Ele ergue a cabeça, seus olhos nublados a preenchem com uma mistura de piedade e mágoa. Do que precisa agora é de um homem. Se aproxima, ele diz: *deixe de brincadeira*. Ela, *bem*, e lhe passa os braços pelo pescoço e aproxima seu rosto e se apertam os lábios fechados e, enquanto lhe sobem à cabeça os aromas dela, cadela tesuda, puta, mãe, irmã, filha, e se incrustam os peitos dela no torso e lhe abre a boca para que ela o penetre com sua língua, se amacia o corpo dele privado de carícias, de noites solitárias, e se sente tocado por mãos que não são as suas, por mãos cheias de surpresas, *onde irá agora?*, com ritmos novos, com suspiros, e lhe renasce, triunfal, o sexo, e quer voar, e lhe crescem asas, dolorosamente, e se aferra a ela, que responde, recitando...

... e então eu lhe pedi com meus olhos que me pedisse novamente, sim

e então ele me perguntou se eu queria, sim

e, primeiro, pus meus braços ao redor dele, sim

e o trouxe até mim para que possa sentir todo o aroma de meus peitos, sim

e seu coração se pôs como louco

e se eu disse sim, eu quero sim...

... e ele se sente homem novamente, agora é o momento, e já estão nus, e as peles se tocam, e se roçam, se eriçam, e as bocas entreabertas jorram vapores e as luzes se põem mais brilhantes a ponto de ser necessário interromper o abraço diminuí-las porque na penumbra se vê melhor e essa breve separação recorda tantas outras e urge o reencontro dos corpos salgados e pede que se encaixe rápido nela e sente como lentamente entra a carne amada na carne amada suscitando a careta de dor doce e o olhar de vampiro quando o sexo se perde e quem é quem agora? meu machinho fêmea habitada coxas como tenazes rígidos os músculos tudo é canção de veias e ossos de pelos e sangue que corre e quero mais e mais e dê-me tudo puta minha e lhe beija os lábios e mete seus dedos entre as duas bocas para que as mãos atestem o jogo das línguas fluidos que vão e que vêm e que crescem e se multiplicam e debaixo emergem cheiros de mar de moluscos de tormentas repentinas e de areia depois da chuva e querem se perder no outro ir mais profundo recobrar o paraíso perdido e diz mate-me ou estás me matando e se sentir morrer e me abraça forte não me deixes estás aqui és real não há outra realidade além deste prazer e desta dor e são a chuva e a terra a terra que finalmente nos devorará todos mas que agora canta às umidades que são uma e são duas costas que se devem acariciar porque ficaram à intempérie cavalgando a reta final onde o desmaio e a confusão dos sentidos são um só quando cheiro toco sinto e me sinto e acabo e lentamente se afrouxa o abraço para permitir que as almas regressem a seus respectivos corpos deixando no outro cicatrizes de amor rastros de solidão. Não digas nunca te amo.

Lascano, preciso te dizer algo.

Diga.

Estou grávida.

Mas já?

14

Amancio estaciona sua caminhonete na rua lateral. O frio da noite se assemelha ao da fúria que a discussão com Lara deixou nele. Caminha devagar e com raiva até a esquina. Chegam-lhe as chicotadas de duas luzes de emergência. Do outro lado da rua, em fila dupla, há dois Ford Falcon verdes estacionados com luminárias portáteis imantadas ao teto. Recua dois passos até ficar sob a sombra dos plátanos. Junto a um dos carros, há um homem jovem, à paisana, com uma Itaka na mão. Mais adiante, frente a uma casa de cômodos, há outro, armado com uma Pam.

Sente um calafrio. Recorda quão instáveis e temperamentais são essas metralhadoras, a vez que uma que Giribaldi o levou para experimentar num campo de tiro do exército disparou. Os tiros escaparam repentinamente sem que ele houvesse feito nenhum movimento nem tocado o gatilho. A Pam começou a cuspir balas descontroladamente. Foi por obra e graça de Deus que não deu um tiro em si mesmo ou em qualquer dos que ali estavam. Desde esse episódio, cultiva por essa arma uma mescla de repeito e rancor. Tampouco se esquece das risadas dos militares amigos de Giribaldi rindo do susto que havia tomado.

Do edifício, saem quatro sujeitos armados, arrastando um casal. O homem vai tateando o ar, como fazem os cegos. Ela, introduzem a empurrões no assento traseiro do segundo carro. Ele, soltam frente ao primeiro. O que parece dirigir a operação grita com ele, imperativo: *Suba*. O homem sonda nervosamente o ambiente com suas mãos, um de seus captores o empurra, fazendo com que se choque contra a porta. Todos riem. Chama a atenção de Amancio que exista um subversivo cego, mas, bem, nunca se sabe. Finalmente, é jogado no piso do assento traseiro. O resto do efetivo sobe e os dois Falcon partem. Antes que cheguem à próxima esquina, as luzes são retiradas dos tetos. Amancio caminha até a casa de Biterman e abre com a chave que Horacio lhe entregou. No hall, há cheiro de comida. Algo frito que lhe repugna. Ao subir, o elevador produz um tum tum rítmico que parece acompanhar as batidas do coração de Amancio, cada vez mais aceleradas. Sente as sístoles e diástoles golpeando-lhe o pescoço e as têmporas. Tem a visão um tanto enevoada, em parte pelo álcool que bebeu para tomar coragem, em parte pela mágoa que lhe ficou da discussão com Lara e sua saída de casa. Compreende que não está nas melhores condições para o que pensa em fazer, se sente inseguro. Respira rápida e ruidosamente para se ventilar.

Ao chegar ao quarto andar, não se dá conta de que é vigiado por uma vizinha através do olho mágico, que se fecha assim que ingressa no escritório de Biterman.

O agiota está sentado em sua escrivaninha, revisando suas contas, quando percebe a presença de Amancio, pistola na mão. Sem se sobressaltar, o espia por cima de seus óculos de leitura.

O que faz aqui, como entrou? Isso não te interessa. Vim cancelar minha dívida. Me dá os cheques. Está bem. Não fique nervoso. Estão aqui. Não tente dar uma de esperto. Abra a gaveta devagarinho com a mão esquerda, ponha a direita sobre seu ombro. Quer os cheques?, vou te entregar. Vai, tira eles daí.

Sem deixar de vigiá-lo um só instante, Biterman abre a gaveta, lentamente. Amancio sente a cara ferver. Não consegue ver bem o que há na gaveta. Fica na ponta dos pés para conferir se o judeu não tem ali uma arma. Biterman se dá conta de que, ao fazê-lo, deixou de apontar-lhe a sua, e decide aproveitar a situação. A fera se liberta e solta um rugido feroz, que deixa Amancio pregado em seus sapatos. Com um golpe certeiro, faz a 9 mm voar de sua mão. Com outro golpe, tira do caminho a escrivaninha, provocando uma gigantesca chuva de confete, se atira sobre Amancio com toda sua força e peso e o derruba. Amancio tenta resistir, mas caiu com as pernas torcidas e seu contendor o imobiliza com uma dolorosa alavanca. Agora, tem muito perto da sua a enorme cara de búfalo de Biterman, que cospe quando fala. Tenta se livrar com movimentos desesperados, que só provocam em Elias um leve sorriso. Se sente uma formiga pisoteada. As pernas começam a ter cãibra.

Achava que você, mauricinho imundo, ia me assustar com sua pistolinha? Agora vou te enfiar ela na bunda para você aprender. Bom.

Bom, pequeno idiota. Imbecil. Dê graças à Deus que sou um homem de negócios. Se te matar, não recebo.

Repentinamente, Biterman, com as duas mãos, lhe dá um golpe nas orelhas para aturdi-lo. Recolhe a pistola, se coloca de pé e chuta-lhe as costelas. Amancio boqueia como uma sardinha fora d'água.

Ah, devo te dizer que isto duplicou sua dívida e fez expirar o prazo. Te conto o que vamos fazer. Amanhã, bem cedo, você telefona para o escrivão e me leva a escritura de La Rencorosa. A partir de agora, é minha. Mas Biterman... Senhor Biterman pra você. Deixe de brincadeira. Você acha que estou brincando? Não. Assim está melhor. Mas mais vale prevenir.

Olha para ele como para um inseto e lhe dá tempo para que recupere o fôlego. Finalmente, entre tosses, Amancio consegue se recompor e se sentar no chão. De sua posição, Elias pode chutá-lo e golpeá-lo a gosto, caso lhe ocorra tentar algo. Amancio está assustado pela mudança que produziu no judeu. Tem os olhos acesos de um animal selvagem, a boca se expande num estranho sorriso no qual se entreveem uma dentadura muito branca e dois caninos afiadíssimos. A violência latente em sua musculatura não esmorece nem quando seus modos recuperam a tranquilidade de sempre. Intimidado, Amancio vigia seus enormes pés e suas mãos, enquanto esfrega as costelas fissuradas. Quando Elias se agacha para recolher algo do chão, o outro tem um reflexo defensivo. Biterman tem a atitude séria do boxeador vendo o rival desabar sem remédio.

Não se assuste, só queria te alcançar estas folhas para que as assine. Fique à vontade e assine, uma página numa margem e a outra ao final. Em branco? E se eu me recusar? Sai daqui com os pés para a frente. Aqui? Aí e aí... Bem. Me dê... Satisfeito?, posso ir embora? Mais uma coisa. Como entrou...? Imbecil, não vê que te tenho nas mãos? Responde!, como entrou? Horacio. O outro verme. Já imaginava.

Biterman pega-o pela gola e o põe de pé. Com um empurrão, o faz ricochetear contra a parede, e se abre uma ferida em sua sobrancelha da qual começa a verter sangue sobre seus olhos. O faz girar como um boneco e o empurra para fora do quarto. Amancio, atordoado, sai dando cômicos passos de dança. Outro empurrão o faz cair junto à porta, que Biterman abre com violência, golpeando-o com ela.

Pega-o pelos fundilhos e o atira contra a parede do hall, o reboco lhe morde a cara. Ganhando posição de domínio, Elias tira o pente da pistola e guarda-o no bolso. Logo, esfrega-a cuidadosamente com um lenço. Sua experiência lhe ensinou a odiar as armas, e sua prudência, a evitar se envolver com elas. Quando termina de apagar todas as suas digitais, joga-lhe na cara. Amancio atina a se proteger com as mãos. A 9 mm cai entre suas pernas.

Toma, neném, vai brincar de vaqueiro.

Os ecos da porta batida vão reverberando pelo corredor. Pérez Lastra, sentado no chão, sente todos os golpes que recebeu enquanto se põe trabalhosamente de pé. À medida que o faz, seu medo vai se transformando em raiva. Pensa agora em tudo o que sucederá. Perdeu La Rencorosa e, em poucos dias, quando seus outros credores souberem, e saberão, se destapará a panela e começarão a chover-lhe os processos penais. Imagina ver agora Lara lhe dando tchauzinho com a mão, enquanto levam-no algemado. Dá um passo, a sensação da perna torcida lhe produz um relâmpago de dor. Se reclina contra a parede, o reboco lhe apara o paletó azul mal alinhado com uma mecha de cabelos grisalhos. Sente desejos de chorar e de gritar. Procura um lenço em seu bolso para secar o sangue da cara. Sua mão esbarra na última bala da caixa. Recolhe a pistola, destrava o ferrolho e a insere na câmara. Logo, tira o paletó e envolve a arma com ele. Avança meio metro e chama com dois golpes fortes. Ouve os passos se aproximando. Retrocede, se apoia contra a parede e levanta a pistola envolta em seu paletó. A porta se abre de par em par, o vão é ocupado pela imponente figura do judeu. Amancio aperta as pálpebras e puxa o gatilho. Biterman olha, assombrado, o próprio ventre. Logo, ergue o olhar, dá um salto e o agarra pelo pescoço. Caem no solo. Amancio sente as tenazes em que se converteram as mãos de Elias bloqueando-lhe a respiração. Golpeia-o nas costas, mas a pressão não esmorece. Sente que as forças começam a abandoná-lo. Uma espécie de resignação o invade e vai se afrouxando. Sabe que está a ponto de desmaiar e parece haver se esvaído todo desejo de viver. De súbito, Biterman abre os olhos desmesuradamente e um fio de sangue começa a lhe escapar da boca entreaberta. Uma expressão de assombro transforma-lhe a cara, suas mãos se afrouxam, sua cabeça cai sobre o peito de Amancio, a respiração começa a entalar na garganta. Emite um som grave e profundo, seus músculos se distendem, dá uns chutes espasmódicos e desmorona. Com o corpo inerte sobre ele, Amancio recobra um pouco de alento e, com dificuldade, consegue tirá-lo de cima. Se levanta como pode. Acendem-se as luzes do hall. Ofegante, ouve o elevador descendo em direção ao térreo. Velozmente, agarra Elias pelas pernas, o enfia dentro do apartamento, fecha e se deixa cair numa cadeira. Ali permanece, não sabe quanto tempo, contemplando o cadáver, tratando de se recuperar, com pontadas por todos os lados. Quando se sente um pouco mais composto, se levanta e vai ao banheiro. Tem hematomas e cortes no rosto. No pescoço, ficaram marcados os dedos do agiota. Abre a torneira e molha a cara uma vez, e outra. Com a toalha, limpa o sangue que continua brotando de sua sobrancelha, pressiona e volta para se certificar de que Biterman é cadáver. Se senta novamente. Pensa, pensa: Que faço agora? Lhe ocorre uma solução. Volta ao banheiro, se ajeita como pode. Sai.

Com o ar frio da noite, recupera parte do pouco domínio que tem sobre si mesmo. Treme. Inspira e exala rapidamente várias vezes. Se afasta alguns passos e se senta no degrau de uma casa para terminar de se recompor.

Em frente, no lugar de onde levaram o cego e a mulher, há, agora, um Mercedes 1518 branco. Nas portas, dois pedaços de papel madeira que parecem cortados a mordidas escondem as insígnias da marinha de guerra. Vários recrutas entram e saem carregando móveis, geladeira, televisor, maletas e utilidades domésticas que vão colocando na carroceria do caminhão, supervisionados pelo soberbo capitão loiro. Amancio começa a se sentir algo mais recomposto, fica de pé, caminha até a esquina. Se certifica de que seu carro ainda está onde o deixou, atravessa a rua, entra no café e se dirige ao telefone público. O galego, que passa mecanicamente o pano de limpeza pelo balcão de fórmica, o detém.

Não perca tempo. Faz três meses que pedi o conserto. Se me pagar a ligação, te empresto este. Muito obrigado.

O garçom põe o aparelho sobre o balcão e pensa que o sujeito tem a típica lata de alguém que recebeu uma surra. Mas como não é problema seu, e alardeando discrição, se retira esfregando as mesas do salão, como se o necessitassem.

Alô, Giri... Amancio... Nada... Tudo mal... O turco não era tão cagão... Tive que despachá-lo... Sim... O que faço? Não enche, preciso de você... Pode passar aqui?... Em um bar, na esquina de Irigoyen e Pichincha. Sim, perto da praça. Vai nessa. Te espero... Isso.

Procura uma mesa que dá para a calçada, da qual pode monitorar a casa de Elias e o vaivém dos recrutas carregando o caminhão. Agora, transportam quadros, tapetes, panelas e caçarolas. Pede um Bols que o galego lhe serve transbordando uma tacinha de vidro grosso. Bebe-o de um gole e pede outro. A beberagem lhe aquece o estômago e, gradualmente, vai deixando de tremer. As dores se tornam mais localizadas, menos gerais, e o ataca uma enxaqueca que crê que vai combater com seu terceiro gim. A não ser pelos marinheiros da mudança, a rua está vazia. Pensa, com satisfação, que Elias já começou o processo pelo qual irá apodrecendo, enchendo-se de vermes até desaparecer. Fazê-lo desaparecer, esse é o problema que precisa enfrentar. Poderia deixá-lo ali, e, amanhã, Horacio que se encarregue do embrulho, afinal de contas... Mas não confia nele. Está seguro de que, quando a polícia o apertar, cantará ou se fará de inocente, jogando-lhe todo o fardo. Por outro lado, se não há corpo de delito, não haverá condenação, ainda que cheguem até ele. Sim, o judeu tem que desaparecer. Com sua morte, Pérez Lastra se livrou do problema dos cheques. Agora que pensa nisso, tem que voltar para buscá-los, e também essas folhas que ele o fez assinar. Tateia o bolso, suspira aliviado, ainda tem as chaves que Horacio lhe deu. Giribaldi sabe o que fazer com um morto.

Enquanto isso, com a quarta taça, envolve-o uma modorra fresca. Lhe aparece Gretschen, que, aos quatorze, já tinha tetas para um festival. Passeios a cavalo no campo dos tios em Tapalqué. Sua prima a galope pelo canavial, os peitos sacudindo em seus olhos de doze anos. Recostados numa amburana, ela lhe permitia que os tocasse e que lhe desse uns beijos na boca com os lábios fechados, e lhe dizia que eram namorados em segredo, porque os filhos de primos saíam abobados, ninguém podia saber. Pela noite, com o sol do dia ardendo-lhes ainda na pele, no refeitório, trocavam olhares maliciosos e, mais tarde, enquanto os lençóis iam esquentando, Amancio pegava o sexo com as pontas do polegar e do indicador e se masturbava lentamente, imaginando que Gretschen, no quarto contíguo, fazia o mesmo pensando nele. E logo, com certa alegria, no pedaço de papel higiênico trazido do quarto de banho, deixava milhões de filhos que nunca teria.

Se sobressalta. Giri, fardado, bate na vitrine. Amancio lhe faz sinais para que entre. O militar se senta diante dele, pede um submarino e repara no caminhão da marinha.

Parece que alguém está se mudando. Parece.

Giribaldi nota as marcas no rosto de Amancio.

Que houve? Quando viu a arma, ficou louco e se jogou em cima de mim. Esses judeus, cada vez mais insolentes. Não enche. O que faço? Olha, agora eu não posso te ajudar porque tenho algo para fazer. E? Deixa eu pensar. Está de carro? Está aqui perto. Bem. Pega o presunto e leva para dar uma volta. Sabe a estrada que corre paralela ao Riachuelo? Sim, a que usávamos para ir ao Autódromo. Essa. Bem, vamos trasladar uns inocentes úteis para lá. Em algum momento, vai ver uma chocinha de lata meio destruída. Ao lado, há uma trilha. Entre ali, é como um matagal. Vai ver uns comunas jogados ali. Larga seu judeu junto deles. E depois, o que faço? Vá pra casa. Eu me encarrego de fazê-lo desaparecer. Não sabe o quanto eu te agradeço. E para que servem os amigos? Tenho que ir. Atenção, que ninguém te veja. Esses aí já estão terminando. Quando eles forem embora, embarque o turco e leve-o para passear. Por volta das sete, jogue-o onde eu te disse. Pode deixar. Cuidado, hein? Não se preocupe. Se preocupe você. Me deve uma. Certo. Tchau, meu velho. Ficou bravo contigo o turquinho, hein? Me empresta alguma coisa para pagar isso. Além do mais tenho que te dar dinheiro. Vai, não enche. Aqui está, me deve duas.

Instalado em sua farda impecável, Giribaldi sobe em seu carro e sai pisando fundo. Os soldados terminam de carregar o caminhão. Amancio pede a conta, paga e sai. Uma rajada o açoita enquanto atravessa a rua para entrar com um calafrio no imóvel onde está Biterman, morto.

Sente um pouco de nojo ao pensar que deverá tocar no cadáver. Arranca a cortina de um puxão, envolve trabalhosamente o morto e, com as cordas da corrediça, faz um pacote. Se senta. A cortina começa a tingir-se de sangue. Se levanta. Sai até o hall. Aperta o botão do Otis. Quando chega, abre-o. Volta. Com muito esforço, arrasta o corpo até o elevador, e, também com grande dificuldade, consegue enfiá-lo dentro. Fecha e começa a descida. Tem a impressão de que Biterman se moveu. Crê escutar um queixume. Aterrorizado, começa a chutar o volume onde supõe estar a cabeça. Chega ao nível zero. Apaga a luz. Desce. Fecha as grades internas. Com uma mão, libera o mecanismo de segurança que serve para manter a porta travada, enfia a outra entre as grades e aperta um botão. Retira a mão, velozmente, e olha para vê-lo subir. Solta o mecanismo, o elevador para entre dois andares. Com a culatra da pistola, torce a trava que bloqueia a porta quando o elevador está em outro andar, sem perceber que quebrou a placa do cabo. Fecha. Sai à rua. Se dá conta de que começou a tremer novamente e diz para si mesmo que é por causa do esforço que lhe custou mover o corpanzil. Vai até a esquina. Dobra. Sobe em seu carro, dá marcha à ré, seu pé escorrega do pedal de embreagem, o carro dá um salto e se choca contra o caminhão estacionado atrás. Desce. Verifica que lhe amassou a porta e que quebrou uma das luzes de posição. Retorna ao volante, sai, dá a volta e estaciona. Desce. Entra. De um puxão, abre a porta do elevador. Aciona com uma mão o mecanismo de segurança e, com a outra, aperta o botão de chamada. O elevador desce. Chega. Abre. Ouve um barulho na rua. Entra. Fecha e segura a maçaneta para que não possa se abrir. Rumor de passos. Alguém, um morador, trata de abrir, bate. Finalmente, vai pela escada, resmungando. Amancio aparece, escuta, acima cessa o rumor de passos. Vai até a porta da rua, abre-a e trava-a com um varal de estender roupas que encontra por ali. Sai até a calçada, o bairro está deserto. Abre a porta da Rural. Trasladar o cadáver e colocá-lo na parte traseira lhe provoca uma pontada no peito, um instante de pânico, crê que o coração vai estourar. Com a lona que utiliza para cobrir o carro nas noites de inverno no campo, cobre o pacote. Regressa, retira o varal, a porta se fecha automaticamente com um resmungo. Sobe no carro. Arranca e sai. As batidas de seu coração retumbam-lhe nos ouvidos. Está transpirando, olhos desorbitados no espelho. Abre a janela. O ar invernal lhe dá em cheio na cara. Cai num buraco que comprime os amortecedores até o limite. O volante lhe transmite a desídia municipal.

Sai pela Entre Ríos, circula lentamente pelo centro da avenida. Inspira profundamente, conta até dez, solta o ar outra vez. *Os cheques, os cheques. Puta merda, esqueci os cheques!* Começa a amanhecer.

Controla a hora. Chega a Vélez Sarsfield, contorna a ponte, já está junto ao rio estagnado. Tira o lenço perfumado do bolso, conduz com uma mão e, com a outra, aplica-o sobre o nariz para estancar o cheiro podre. Recorda que seu pai, sempre que atravessavam o Riachuelo, fazia a mesma piada: Respirem forte, meninos, que é bom para a tosse. A manhã está cinza, não pode ver a mais de dez metros, a neblina é como uma parede que refrata as luzes de seu carro. Apaga-as, reduz a velocidade. Com esta visibilidade, não sei como vou encontrar a merda da chocinha. Nesse instante, a vê. É como uma pincelada de um marrom gasto sobre o manto cinza. Freia. Dá marcha à ré lentamente, até alcançá-la. Gira atravessando a avenida e se enfia pela trilha, muito lentamente. A pouco andar, divisa uns volumes. Há um par de cadáveres no solo. Ventos contrapostos começam a varrer a neblina. A moça tem a cabeça destroçada a balaços, parte de seu cérebro escorreu pelo que resta de sua cara. Sente uma ânsia, se volta. Não quer ver mais. Abre a porta e encara a penosa tarefa de extrair o cadáver. Tira a lona. Com o movimento, a cortina que envolve o morto se abriu, deixando à vista a pança do judeu, empapada em sangue. Quando puxa, comprova que um dos braços foi se encaixar debaixo do estepe. Amancio tem a impressão de que o morto não quer se separar dele. Força e só consegue que o braço se encaixe mais. Com a chave de roda, solta o parafuso que a mantém fixa. Finalmente, consegue destravar o braço e tirar meio corpo para fora do carro. Pega-o pela cintura e puxa. A fivela se rompe. Atira furiosamente o cinto de couro num canto. Agarra Elias pelas pernas e consegue tirá-lo do carro. Quando desata a corda e o desembrulha para não deixar ali a cortina, nota que o corpo já está ficando rígido. Recupera o alento. Embola a cortina e atira-a no rio. As águas embebem-na, mancham-na. Afunda lentamente, se transmuta em fantasma e desaparece. Sobe no carro e refaz a trilha em sentido inverso. Quando vai chegando à avenida, vê que se aproxima um carro com as luzes acesas. Pega a mesma pista e se afasta a toda velocidade. No espelho, as luzes do outro veículo vão diminuindo rapidamente, até deixar de ser visíveis. Reduz a velocidade e segue reto até a General Paz. Só no que pensa é num whisky, um banho e uma cama.

15

Quando o efetivo já se apressa para ir embora, Lascano chega ao Departamento de Polícia. Quer revisar prontuários, inquéritos, no momento em que já não resta quase ninguém nos arquivos e pode fazê-lo sem testemunhas e sem deixar registro de que antecedentes investiga. Trabalho de escritório, o que menos lhe agrada.

Cinco horas de leitura turvaram-lhe a vista, e os cigarros fumados em sequência lhe deixaram os pulmões cheios de fuligem. Caminha do Departamento até a última quadra da Diagonal Norte, onde deixou seu carro. Quando está chegando, se mescla às pessoas que saem em grupo da última sessão do Cine Arte. Vê de relance o cartaz de Pasqualino Settebelleze e está abrindo passagem entre a multidão, quando uma gritaria chama a atenção de todos.

Em frente, há um Ford Falcon estacionado em fila dupla; junto a ele, está parado um sujeito com uma escopeta. Outros dois saem de uma casa com suas pistolas desembainhadas, arrastando um rapaz, que grita novamente e se solta com um puxão. Um deles tenta golpeá-lo, mas erra. O jovem corre. Na metade da rua, entre os espectadores e seus perseguidores, tropeça, cai e é recapturado. O rapaz grita seu nome. Um dos homens se joga sobre ele e golpeia-o na cabeça com sua pistola. Dois o carregam, levam-no até o Falcon e colocam-no dentro. O da escopeta aponta para a plateia e grunhe algo que não se compreende, mas que todos entendem e começam a dispersar. Lascano, só na calçada, vê o Falcon desaparecer rapidamente quando dobra pela Rua Libertad.

Onde morre a Diagonal, atrás dos frondosos eucaliptos da praça Lavalle, se ergue o solene Palácio da Justiça, cego, surdo e mudo.

16

Lascano gosta dos subúrbios. Lhe trazem aromas de sua infância. Conhece esses lares e essas pessoas como ninguém. Aqui, as pessoas não perderam seu ar provinciano, mas o têm condimentado com a radiação cética que, a vinte minutos pela Panamericana, a cidade emite. Charcos, cães errantes, um bar onde se joga tute e o apontador registra apostas ilegais, o pregão do brechó. Mas o que o traz aqui não são os saudosismos. Sobre as arcadas de barras de ferro nervosas que adornam a entrada, puseram o cartaz de chapa que, com pretensiosa letra sombreada, diz: "Serraria La Fortuna". É a única pista que o cadáver do homem barrigudo plantado na cena de fuzilamento lhe forneceu. Como que protagonizando um filme policial, o Cachorro pega o cartão e confirma que é o lugar onde procura o fio da meada para desemaranhar a madeixa do crime. E não se engana.

Esquivando os buracos cheios de água podre com restos de maravalha deixados pelos caminhões de carga, avança resolutamente. Guia-o o chiado da serra cortando uma tábua, manejado por um homenzarrão loiro vestido com macacão. Falta ao indicador de sua mão direita a última falange, e uma de suas pupilas está coberta por uma catarata branca. Concentrado na beirada da madeira recém serrada, o sujeito não parece haver percebido sua presença. Repentinamente, sem abandonar seu trabalho, lhe diz.

Em que posso lhe ser útil, comissário? Bom dia.

Lascano puxa a foto de Biterman e atira-a sobre o banco.

Sabe quem é?

O homem fecha o olho da catarata e, com o outro, contempla a fotografia, indiferente.

Biterman. Perdão? Biterman, um agiota. O conhece. Está morto? Tão morto quanto Gardel. Qual é sua relação com ele? Quando estava muito apertado, me trocava cheques. Enfim o mataram. Como sabe? Se tivesse morrido de gripe, o senhor não estaria aqui. Sabe quem pode ter tido motivos para assassiná-lo? Sim. Quem? Eu... e a metade do catálogo telefônico. O cara era um miserável. Na verdade, me alegro que esteja comendo capim pela raiz. O senhor o matou? Para minha sorte, alguém chegou na frente. Onde esteve na quarta à noite? Viu o bar em frente? Pode perguntar lá. Estive vendo a surra que Galíndez deu em Skog[38]. Além dos donos e do garçom, havia umas vinte pessoas. Ficamos até tarde. O quê, transmitiram pela televisão? Agora que perguntou, não, na verdade, escutamos a luta pelo rádio. Acontece que esse locutor... Cafaretti. Esse, Cafaretti, narra tão bem que a gente sente que está no ringside. Tem o endereço desse... Biterman? Tenho. Gladys! Que é? Dê ao senhor aqui o endereço do turco. Muito obrigado.

Lascano se afasta rumo à moça que o aguarda na porta do "escritório". A suas costas, ressoa o vozeirão do carpinteiro.

Se encontrar quem o matou, diz que eu pago o advogado.

---

38 Alusão à luta entre Víctor Emílio Galínez (argentino) e Harald Skog (norueguês) pelo título mundial dos meio-pesados, em 1976 (N do T).

17

A que se deve tanto mistério? Uma surpresa. Outra surpresa? Esta é diferente. Vamos. Aonde? Onde me encontrou. Ao prostíbulo? Precisamente. Vai me dizer do que se trata? Quando chegarmos. Quanto mistério. Tem que me prometer uma coisa.

Ela está bonita, e ele, em situação de lhe prometer tudo.

Vou lhe mostrar algo que descobri quando vocês estouraram o bordel e eu me escondi. Ahá. O que encontrei é muito importante. O que é? Me deixe falar. Ainda não fez o juramento. Fale. Quero que me prometa que será para nós dois. Só para nós dois. E o que é? Me prometa isso. Está bem, prometo. Bom, então, vamos.

A rua está deserta. Descem rapidamente, Eva atravessa e arranca os lacres grudados sobre a porta verde do bordel de Tony Ventura.

Isso é um delito, Eva. Haver te conhecido é um delito.

Lascano segue-a escada acima, até o quarto onde está a tomada falsa.

Feche os olhos. Outra vez? Feche. Bom, eu fecho. Surpresa!

Lascano abre os olhos, as mãos de Eva sacodem dois maços de dólares.

À merda! E isso, o que é? Comida para os canários. Devem estar com muita fome. Famélicos. Mocinha, precisamos entregar isso. Você me prometeu. Entregar a quem? Não sei..., à justiça. A que justiça? Não me venha com essa, não é nosso. Olhe, aqui diz, o dinheiro é ao portador. É de quem tiver. Não sei. Eu sim, sei, guarde você, mas lembre-se que é de nós dois. Bom, depois vamos ver o que fazemos com isto. Garantir nosso futuro. Me deixe pensar. Pense o tanto que quiser. Já vou dar um jeito para que tome juízo. Agora, preciso ver seu amigo, o que vai me fazer os documentos. Quer que te leve? Não, vou andando.

18

Ao terminar de atravessar a rua, Lascano espreme a guimba entre o polegar e o indicador e atira-a com força à pequena torrente que flui junto ao meio-fio. O porteiro é um provinciano hermético que logo se deu conta de que é da polícia. Lascano percebe imediatamente que esse homem esteve preso e decide não interrogá-lo por ora. Passa a seu lado, se ignoram sem deixar de se vigiar. O edifício está em silêncio. Sobe até o elevador. A porta sanfonada trava quando tenta fechá-la. Há algo no trilho que não permite que corra suavemente. Com um pequeno puxão, consegue desemperrá-la. Se agacha para recolher o pequeno pedaço triangular que obstrui o fechamento. É um pedacinho de plástico rugoso no qual ficou um quarto de orifício, onde, obviamente vai um parafuso de fixação. Está seguro de que pertence à placa do cabo de uma pistola. Enfia-o no bolso. Comprova, com satisfação, que agora a porta desliza com fluidez.

Bom dia, sou o comissário Lascano. Bom dia, comissário, em que posso ajudá-lo? O senhor Biterman? Ao seu dispor. O senhor é Biterman? Eu mesmo. Eu procuro outro Biterman. Deve ser meu irmão. Ele se encontra? Ainda não chegou. Posso entrar? Passe adiante. Quando foi a última vez que o viu? Terça à tarde.

Enquanto Horacio fecha a porta, Lascano tira a foto Polaroid do bolso, vira-se e a põe diante dele, observando sua reação.

Este é seu irmão? O que houve? O mataram. Mas... como... por que... quem? Eu espero que você me responda essas perguntas. Não sei quem pode ter feito uma coisa assim. Era um sujeito benquisto, que não se metia com ninguém. A que se dedicam aqui? Finanças. Percebi. Estão indo bem? Modestamente, não podemos nos queixar. Você era sócio de seu irmão? Empregado. Se importa se eu der uma olhada? É necessário? Posso lhe trazer um mandado judicial ou mais dez policiais, como preferir. Não, não é preciso, pode passar.

Com as mãos nos bolsos para evitar tocar no que quer que seja, Lascano tem a impressão de que o escritório está excessivamente em ordem. Algo lhe diz que esse lugar não é assim normalmente. Sobre a mesa, há um porta-cheque do Banco de Crédito Comercial. Nota que uma quina está lascada e que o golpe foi recente, pois, da ruptura, brotam uns pelinhos de maravalha fresca. Na parede, há uma mancha negra que tentaram limpar. Gostaria de verificar se ainda está úmida, mas Horacio o está analisando com olhar de coelho e desiste. Passa junto a ele, em silêncio. A corredeira da cortina está caída, e, dela, pende um pedaço de tecido.

Tinha família? Só eu. Inimigos? Que eu saiba, não. Bom, não quero incomodá-lo mais neste momento de dor. Mas seguramente, precisarei falar novamente com o senhor. Quando queira. Poderia ir ao Necrotério reconhecer o corpo? Quando quer que eu vá? Amanhã às onze fica bom para você? Sim. Sabe onde fica? Não. Viamonte, 2151. Estarei lá. Seu irmão era rico? Digamos que era bem de vida. E você? Me viro. Amanhã às onze, então.

Ao deixar o escritório dos Biterman, Lascano já sabe que Elias foi assassinado ali. Horacio não tem nenhum sinal de luta, e, além disso, parece bastante pusilânime, mas não duvida que seja instigador, cérebro ou cúmplice. Como sempre, a pergunta é: quem se beneficia dessa morte? Horacio. Mas há mais alguém metido no assunto, tenho que identificá-lo antes de apertar o irmãozinho. Enquanto essas ideias rondam sua cabeça, enquanto aguarda a chegada do elevador, sente um ruído atrás de si. Finge uma tosse e, com um golpe de vista, pega a vizinha bisbilhotando através do olho mágico. Quando começa a caminhar até ali, ela se fecha de um golpe. Bate suavemente com os nós dos dedos; por baixo da porta, entra a sombra dos pés. Sorri. A porta se abre imediatamente e surge uma mulher que andará pelos setenta anos, miúda, enérgica e tensa. Suas mãos duras apertam um pano de limpeza imaculado. Cheira a lavanda, veste um avental e calça pantufas. Parece saída de uma propaganda de detergente.

Bom dia, senhora. Sou o comissário Lascano. Como? Sou o comissário Lascano, da Polícia. Ah, desculpe, é que estou um pouco surda, o Pami[39]

---

39 Sigla de *Por una Argentina con Mayores Integrados*, convênio médico de gestão estatal destinado aos aposentados e idosos em geral (N do T).

ainda não me autorizou o aparelho. Para o que se escuta hoje em dia... Posso falar um momento com a senhora? E como sei que é da Polícia?

Lascano mostra o distintivo.

Satisfeita? Passe, por favor.

É um apartamento de um quarto parecido ao de Biterman. Tudo revela uma habitante obcecada pela limpeza. Através do vão da porta do quarto de dormir, pode ver a capa de plástico que cobre a televisão, encimada por um galinho de vidro que prevê o tempo mudando de cor. O piso brilha. Se não fosse pelo fato de se poder imaginar, por trás de toda essa pulcritude, uma vida mortalmente tediosa, ou precisamente por isso, o lugar seria extremamente tranquilizador.

Desculpe o incômodo. Não é incômodo. Sente-se, por favor. Obrigado. Vive só? Sim. Sou viúva. Meu filho vive em Comodoro Rivadavia. É engenheiro. Que bom, conhece seus vizinhos, os Biterman? Conhecer, conhecer mesmo, não conheço. Cruzo com eles no hall de vez em quando. O mais novo é mais simpático. O mais velho nunca cumprimenta. Sempre está como em outro planeta. O que pode me contar sobre eles? Bom, não moram aqui. Têm o escritório. Mas se quer saber a que se dedicam, lhe digo que não tenho nem ideia. O que sei é que vem bastante gente. Às vezes, tocam meu interfone. Se confundem. Imagino. E esses visitantes, como são? Pessoas maduras, apressadas. Ninguém fica mais de dez ou quinze minutos. De que falam, não me pergunte, pois não sou de me meter na vida de ninguém. Cada um com seus problemas, é o que eu penso. O que eu sei é que esses dois se dão muito mal. Não me diga. Digo sim. Sabe como são esses apartamentos modernos. As paredes parecem de papel. Mesmo sem querer, se ouve tudo. E isso que estou meio surda, então imagine. O que ouviu? Volta e meia, estão aos gritos. Eu não presto atenção, mas tive que bater à porta deles mais de uma vez para que parassem de gritar. Era para tanto? Na outra noite, tiveram uma briga terrível. Eu já estava deitada. Para mim, se pegaram na porrada. A verdade é que me deu medo. Quando foi isso? Deixe-me ver... terça à noite. Tem certeza? Sim, pois nesse dia, fui ao dentista. E pôde ver algo? Quando me levantei, olhei pelo olho mágico, tudo já havia se acalmado... Fiquei tão nervosa... Tive que tomar um comprimido para voltar a dormir.

Muito bem. Muito obrigado por sua ajuda. Aconteceu alguma coisa grave? Não sabemos. Tivemos uma queixa e estamos investigando. Mas não deve ter sido mais que um desentendimento entre irmãos. Sim, claro. Bom, não vou mais incomodá-la. Não é incômodo. Ah, mais uma coisa. Lhe peço que, por ora, não comente com ninguém nossa conversa. Não se preocupe. Se precisar, estou à sua disposição. Muito obrigado. Bom dia. Bom dia.

19

Ao gabinete de Marraco, no sexto andar do Palácio dos Tribunais, se chega por um intrincado labirinto de estantes repletas de autos. Lascano acredita que a justiça, quase sempre, fica enredada nesse mar de papeis que vão e vêm, prazos, termos, ofícios, cédulas, notificações, cargas e devoluções de prazos, escaninhos, vista à promotoria, envio aos assessores, dias que passam, processos que engordam, advogados que somam mais e mais escritos, documentos, provas, traslados, perícias, trâmites e mais trâmites até que ninguém recorda como tudo começou ou ninguém mais tem ânimo para ler um processo de três ou quatro volumes. O delinquente que tiver meios suficientes para alugar um advogado habilidoso ficará livre. Se carecer de recursos, terminará contando os dias que faltam para sair, enquanto aprende com seus erros e mata o tempo na "escolinha", como chamam a penitenciária de Devoto seus habitantes, pois ali se aprendem muitas coisas.

O juiz está indicando a um estagiário não remunerado a maneira de juntar as petições aos autos e localizar estes últimos nas prateleiras que estão às suas costas. É um rapazinho de uns dezessete anos, um estudante de Direito que trabalha grátis para ir abrindo seu caminho na carreira judicial. Vivaz e curioso, estudou rapidamente Lascano. Há entre eles um reconhecimento familiar imediato. Simpatiza com o garoto. Lascano se senta diante do juiz e, enquanto conversam, admira os movimentos precisos do jovem classificando e acomodando.

Comissário, tenho que felicitá-lo. A operação na Gaspar Campos foi um sucesso. Mas alguns foram embora andando. Dois. De onde eram? Um coronel e seu assistente. Bem, mas o senhor não veio aqui para que eu o felicite. Não, vim por este outro assunto que também caiu com o senhor. Os três não identificados. Dois não identificados....

Marraco pede ao contínuo que lhe alcance o processo. Abre-o, vira duas ou três folhas e aponta uma linha com o dedo.

Aqui diz três. Mas há um que deixou de sê-lo. Se chamava Biterman, Elías Biterman, era um agiota. Me conte como anda esse assunto. Recebi um chamado porque um caminhoneiro informou sobre dois cadáveres jogados perto do Riachuelo. Como assim, não eram três? Já chegamos aí. O cara disse dois. Sim, e então? A questão é que quando chego ao lugar, uma hora mais tarde, encontro três cadáveres. Pode ter visto apenas dois, ou se confundido. É possível, mas me parece pouco provável. Por que? Dois deles eram jovens e tinham a cabeça destroçada a bala. E isso, o que significa? Isso significa Forças Armadas. Como é isso? Bem, em suas incursões, todos os integrantes do grupo de tarefas são obrigados a atirar na cabeça das vítimas. Para que nenhum fique de fora do acontecido... Veja só... Bom, o certo é que, desde o começo, esse Biterman me chamou a atenção. Tinha a cabeça intacta, os outros dois eram muito mais jovens e havia grandes diferenças no modo de se vestirem. Por outro lado, enquanto os jovens estavam molhados pelo orvalho, Biterman estava completamente seco. Bom, umas quantas diferenças... Mas isso não é tudo. Quanto estava chegando ao lugar, vi um carro que se afastava. Na hora, não me chamou particularmente a atenção, mas, depois, me pus a pensar se não teriam transportado o corpo de Biterman nesse carro para plantá-lo ali. Parece razoável. O que fez, então? O de sempre, os levei até a Morgue. Você é um policial nato, Lascano. É um galanteio? Um reconhecimento. Qualquer outro, em seu lugar, teria enterrado os três e esquecido o assunto. Mas você não: se pôs a investigar. O que averiguou? Bom, de início, consegui descobrir a identidade. Também interroguei suavemente o irmão da vítima, um tal Horacio, e uma vizinha deles. E? De uma coisa estou seguro: Horacio está envolvido até os ossos na morte de seu irmão. Por que acha isso? Biterman era rico. Horacio era seu empregado. Biterman era muito pão-duro. Horacio é uma espécie de playboy. Se davam muito mal e é seu único herdeiro. Temos o motivo. E a oportunidade? Ainda não se estabeleceu a hora da morte. Mas aposto minha vida que Horacio tem um álibi de ferro. Me fez uma ceninha de irmãozinho pesaroso das mais suspeitas. O que você acha? Não creio que ele o tenha matado, é muito delicado para isso, tem que haver pelo menos um cúmplice. Continuo trabalhando, ainda tenho algumas dúvidas a esclarecer. Por exemplo? Há a questão de quem trasladou o corpo, e quem quer que seja que o tenha feito, como soube que, nesse lugar, iam desovar os outros dois? Pode ser um acaso. Me parece estranho, doutor, que justamente o senhor fale em acasos. Num dado momento, me ocorreu que talvez os militares tivessem andado desovando cadáveres nesse lugar com frequência e que o assassino tivesse essa informação. Não é um mau palpite. Mas depois descartei a ideia. Por que? Porque teria ficado sabendo. Você acha, então, que mataram Biterman em outro lugar e o desovaram ali para fazer crer que morreu por ação das Forças Armadas. O que penso é que foi alguém que participou da operação quem trasladou o corpo, ou alguém do grupo passou a informação a Horacio ou a seu cúmplice. Pode ser. Agora, Lascano, você, eu, todo mundo sabe o que está havendo com isso da subversão. Estão matando gente em todos os lugares. Os guerrilheiros colocam bombas, assassinam. Os militares também fazem sua parte. Nesse assunto, sabe melhor que eu, nós não podemos fazer nada. Mas o caso de Biterman é diferente. Estamos de acordo, mas se há pessoal militar envolvido, a coisa pode ficar feia A morte de Biterman não tem nada a ver com a subversão, ou seja lá o que for. É possível. Muitos, em seu lugar, se esqueceriam do assunto. Com tantos cadáveres por todos os lados, por que se preocupar com mais um ou menos um? É meu trabalho. A verdade é que os tempos que correm são terríveis. Me parece que a confusão é total. Eu também estou confuso, confesso, e, muitas vezes, não sei o que pensar. Mas sabe? Fazendo meu trabalho, me concentro, tenho objetivos. Se não o fizesse, creio que ficaria louco. Minha única recomendação, Lascano, é que não tente bancar o herói. Este assunto pode ficar muito desagradável. Quer que eu abandone a investigação? Ao contrário, quero que continue investigando. Mas vou lhe pedir algo. Diga. Sejamos prudentes neste caso. Lhe peço discrição. Tudo o que averiguar, fale comigo antes de falar com qualquer pessoa. Tenhamos cautela, de acordo? O senhor manda. Me assombra a velocidade com que está avançando neste caso. A verdade é que não sei se os assassinos são muito incompetentes ou se sentem impunes, porque deixaram digitais por todos os lados. São uns incompetentes que se sentem impunes. Bom, é isso. Mantenha-me a par. Creio que, em poucos dias, estarei com o caso resolvido.

Se cumprimentam com um aperto de mãos. Na verdade, o aperto é por conta do Cachorro, pois a mão de Marraco é como uma água viva com unhas de manicure. Se despede com um *tchau, garoto* do estagiário não remunerado, que responde com um sorriso que o faz se sentir como um pai. Marraco, pensativo, agarra o processo.

Ei, garoto, vá comprar cigarros para mim.

Abre uma gaveta da escrivaninha, enfia o processo e fecha-a com chave.

20

Trouxe os cheques? Calma, Amancio. Um tira esteve aqui. O que queria? Encontraram Elias. Mas como? Sei lá. O que você fez com o corpo? Não te interessa. Mas o coloquei num lugar mais que seguro. Parece que não era tão seguro assim. Puta que pariu! Não entendo o que pode ter acontecido. O que fazemos? Sei lá que merda fazemos! Me deixe pensar. Calma, maluco. Pense o quanto quiser. Eu tenho que ir à Morgue fazer o reconhecimento. Lá, vou me encontrar com o tal tira. Como se chama? Lezama. Lezama, é? Bem. E você não diga nada. Meu velho, o presunto é meu irmão, não posso sair calado. Além disso, esse cara não deixa passar uma. Se faz de tonto, mas é um radar que detecta tudo. Na verdade, me parece que o assunto está começando a cheirar mal. Cala a boca, deixa de ser cagão. De quem foi a ideia de eu vir apertar seu irmão? Sua. Quem me disse que ele tinha terror de armas de fogo? Você. E quando eu aponto para ele, me salta em cima como um animal. Você mentiu para mim, filho da puta, sabia o que ia acontecer e apostou que eu acabaria matando ele. Mas Amancio, te juro que... Pra mim não jure nada, vocês são mais falsos que uma moeda de chumbo. Judas, vós o entregastes! Mas não, estou te dizendo que... Me faça o favor de calar a boca, em vocês não se pode confiar, isso é certo como que existiu um Cristo que vocês mandaram matar. Mas o que está dizendo? Aqui, o único que matou foi você. E você tem a língua comprida demais, Caim. Vamos ver, me deixe pensar... esse Lezama, deixe por minha conta que eu resolvo com ele. Você feche o bico. Já te digo o que é para fazer. Está bem. Bom, me dê os cheques e o que assinei em branco, que tenho muito o que fazer. Olha, estava pensando em ficar com os cheques por mais um tempo, até que passe todo esse barulho. Me dê agora mesmo! Depois de ir à Morgue. Agora! Depois. Olha aqui, judeu de merda: me dá os cheques agora ou te mando fazer companhia a seu irmãozinho. Ei, velho. Não fique assim. Está bem. Aqui estão eles.

Assim está melhor. Você fica caladinho e espera minhas instruções. Entendido? Entendido.

Amancio embainha a pistola e sai batendo a porta, furioso. Enquanto espera o elevador, a vizinha espia, secretamente, pelo olho mágico. Horacio abre a porta e mostra a cabeça.

Amancio. Que foi? Veja que às onze tenho que estar lá. Venho ou te telefono antes. Te aguardo.

21

Fuseli está no pátio da Morgue, entretido com o céu desde há algum tempo. Hoje foi um desses dias de inverno com um solzinho um tanto alentador. Logo depois, como acontece nessa época, repentinas nuvens de chuva se ergueram sobre a pressa da cidade, evidenciada na impaciência dos automóveis que se engarrafam pela Viamonte, detrás dos portões. Por ali, surge a conhecida figura de Lascano com seu andar de urso. Se alegra, sempre lhe apraz ver seu amigo. De alguma maneira, considera obra sua o fato de que esteja vivo, de que tenha conseguido atravessar a catástrofe que lhe caiu em cima com a morte de Marisa. Ele foi o porto de águas profundas a partir do qual Lascano conseguiu seguir em frente, isto sem parar para perguntar até onde. Hoje, não está com disposição para temas existenciais. A vida, agora, é esse descanso que se concedeu no pátio, este amigo que chega, que tem para com ele uma doce dívida, dessas que nunca se haverão de pagar sem que alguém se sinta ofendido.

E aí, conde Drácula? Como vai a repressão, Cachorro? Cada dia melhor. Conseguiu o que te pedi? Aqui está, me disseram que é colombiana, da boa. É você quem está dizendo. Hmm, parece uma autêntica red point. *É boa? Vamos provar.*

Lascano observa as mãos de Fuseli enrolando o fumo picado num finíssimo papel Gentelman. Seus dedos de artesão manobram com agilidade. Umedece a lâmina engomada com a língua, termina de fechá-la e faz girar com as pontas de seus dedos um cilindro perfeito, liso e delicado. Passa-o repetidamente sobre a chama de seu velho Monopol até que a mancha escura da saliva desaparece por completo. Coloca-o na boca e o acende, aspira profundamente e contém um soluço. O pátio se enche de um aroma acre, que faz o nariz coçar. Observando os brilhantes ladrilhos, Lascano tem a sensação de que estão frente ao mar, pescando.

O que foi, eu fumo e pega em você? Que tal é? Ótima. Quer? Não, obrigado. Me diga: por que fuma essa porcaria? Olha, Cachorro, eu passo o dia trabalhando com a morte, cara a cara, e sabe? A morte é a única coisa irrefutável, o único fato que não se pode tergiversar nem interpretar. É a verdade final, e a verdade – o que quer que te diga? – não é pra qualquer um. Então, tenho que me dar algum refresco, e meu refresco é este. Um baseadinho e vamos lá. É verdade que turva um pouco a cabeça, mas estimula os sonhos. Definitivamente, todos precisamos de algum tipo de anestesia, e esta é a minha. E por falar nisso, faz tempo que quero te perguntar: qual é a tua? Eu, meu velho, vivo sem anestesia, mas há algo que quero te contar. Então conte. Há uns dias, organizei uma operação para estourar um puteiro na zona norte. Ahá. Bom, acontece que levei todos presos, exceto um par de feiosos que tive que deixar ir. Fiquei dando umas voltas pela casa para ver o que encontrava. E o que encontrou? Uma garota escondida embaixo de uma mesa. E aí? Quase morro de susto, a garota é igual a Marisa. Ah, então as alucinações estão graves. Eu também achei que era uma miragem. Mas não, é idêntica. É? É. Acho que fiquei louco. E o que fez? O que queria que eu fizesse? Não estava muito certo se era real ou o fantasma. Imagine, não podia prendê-la, tampouco podia jogá-la na rua. Levei-a pra casa. Isso está ficando bom, e aí? Nada, está lá agora. Vivendo contigo? Sim. Puta merda! A noite passada eu a comi, quer dizer, me comeu. E aí? Não sei, estou com uma confusão na cabeça que nem sei se caso ou compro uma bicicleta. Está apaixonado. Não sei, sei lá, não creio, o que você acha? Que você está perdido, o que sabe sobre ela? Isso é o pior. Ontem, averiguei que andou se metendo numa célula do ERP40 que desbarataram há pouco. E como foi parar no puteiro? Não faço ideia. Não perguntou pra ela? Não, e nem quero saber. Está com medo. Estou. Te digo, maluco, você está apaixonado. Você acha? Não acho, tenho certeza. E o que faço? A paixão é uma psicose passageira, mas o amor é eterno enquanto dura. Se você fosse um verdadeiro cagão, sairia correndo, mas como não é, só te resta apostar, mesmo que saiba que vai perder. Agora já não estou mais te entendendo. Não importa, cara, a vida está te dando uma trégua nos braços de... como disse que ela se chama? Eva. Eva, bem, nos braços

---

40 Exército Revolucionário do Povo, organização armada de esquerda então atuante na Argentina (N do T).

dela. Suba no carrossel e trate de pegar o anelzinho[41], com sorte você ganha outra volta. Mas é suspeita de participar da guerrilha. Neste momento, somos todos suspeitos. Ela está foragida. Quem sabe que está com você? Só você. Mantenha isso assim. E o que faço? Aproveite enquanto durar. E Marisa? Marisa está morta. O fantasma voltou? Já que perguntou... não, desde que Eva surgiu, não tornou a aparecer. Agora é Eva. Mas você não tem ideia do quanto se parecem. Procure as diferenças entre elas, entretenha-se com isso. A verdade é que te invejo. Faz tanto tempo que uma mulher não me desperta nada, acho que sequei. Não sei o que te dizer. Não diga nada. Vou apresentá-la a você. Quando a vir, você vai cair de bunda. Fique tranquilo. Tenho um monte de coisas para te contar sobre Biterman, venha, vamos pra dentro.

Com um puxão, Fuseli destapa o cadáver, que agora tem uma costura a lhe partir em dois o esterno.

Mataram o cara noutro lugar, diria que entre sete e nove horas antes que o trouxesse. Em geral, a hipostasia se completa entre quinze e dezoito horas depois da morte e, neste caso, havia acúmulos de sangue em vários lugares distintos, sinal indubitável de que o corpo foi removido. Isto é conclusivo. Lhe deram um tiro com uma 9, de uma distância entre cinquenta centímetros e um metro. A bala entrou pelo ventre e seguiu um percurso bastante previsível: atravessou a pele, os planos musculares, o peritônio, o intestino e terminou se alojando no pâncreas. Aqui está a bala, vou mandá-la à balística, mas te digo que a arma e o calibre não têm nada a ver com as feridas dos outros dois. Neste, atiraram de um ângulo de mais ou menos quarenta e cinco graus da linha dos ombros. Os outros dois, fuzilaram em ângulo reto, de frente. Deles, recuperamos três balas. Atiraram neles quase à queima-roupa no lugar onde os encontraram, aqui as hipostasias estão bem definidas. Ou seja, morreram em momentos distintos. Há pelo menos dez horas de diferença. Em ambos casos, as lesões afetaram as meninges e a substância cerebral; morte instantânea. Biterman deve ter vivido algum tempo após ser ferido. Creio não me equivocar se te disser que, nesse momento, agrediu seu agressor. Preste atenção nas mãos: aqui,

---

41 Na Argentina, tradicionalmente, enquanto os carrosséis giram, as crianças tentam pegar um anel que dá direito a uma volta adicional gratuita (N do T).

há escoriações típicas de uma luta; no entanto, não há marcas em nenhuma outra parte do corpo. Isto quer dizer que foi o outro quem apanhou. Tem alguns golpes, mas, como não há hemorragia, fica evidente que foram dados depois de morto, seguramente quando o trasladavam de um local a outro. Detalhe: encontramos restos de pele sob a unha, o assassino é O negativo. Que mais? Na realidade, lhe fizeram um favor ao matá-lo. Por que? O cara tinha um câncer de fígado bastante avançado. Em pouco tempo, seria presunto igualmente. Lhe pouparam o sofrimento. Isso não torna menos assassino o assassino. Conclusão? Suas suspeitas estão corretas. O calibre, o tipo de feridas e os outros indícios provam que os dois meninos foram fuzilados no local e que Biterman morreu numa briga em outro lugar. Seu homem deve ter umas quantas marcas. Outro detalhe: balearam este Biterman uma vez antes. Como? Isso deve ter acontecido há muitos anos, tem uma velha ferida nas costas, de arma de fogo, que lhe atravessou o pulmão e passou a cinco milímetros do coração. Se salvou por pura sorte. Parece que a sorte dele acabou.

A porta se abre e um vigia lhe informa a chegada de Horacio. Fuseli torna a cobrir o cadáver. Lascano nota que Horacio vem vestido com roupa nova.

Este é o doutor Fuseli. Está pronto para o reconhecimento? Estou.

Deliberadamente, se colocaram junto à maca, deixando Horacio de frente para eles, com o objetivo de examinar melhor suas reações. Fuseli o distrai, Lascano está atento.

Lhe advirto, senhor Biterman, que o que vai ver não é agradável. Está preparado? Sim.

Com um sinal, Fuseli descerra o corpo. Horacio demonstra, por um instante, seu estupor. Tampa a boca com a mão, baixa a cabeça e soluça sem muita convicção. Lacano e Fuseli trocam um olhar cético.

Elias, que te fizeram? Reconhece o corpo de seu irmão Elias Biterman? Sim. É ele. Bom, muito bem, há formulários que precisa assinar. Quando me entregam? Tenho que cuidar do enterro. Isso depende do juiz. Há exames a realizar para determinar a hora e o local da morte. Obrigado, doutor. De nada. Lascano, não se esqueça de meu remédio. Tenho umas perguntas que gostaria de lhe fazer.

O Cachorro pega Horacio pelo braço e o conduz de volta ao pátio.

Onde pensa enterrá-lo? Ele sempre quis que o cremassem. Compreendo. Não tem interesse em saber como morreu? Claro que sim... É que estou muito impressionado, foi tudo tão repentino... Claro. Diga, você é o único herdeiro dele, certo? Bem, caso houvesse algo a herdar. Seu irmão emprestava dinheiro, não é verdade? Imagino que essa atividade poderia torná-lo pouco simpático para alguns de seus clientes. Elias era muito precavido e nunca emprestava sem garantias. Em mais de uma ocasião, imagino que tenha precisado executar essas garantias. Suponho que sim. Como assim supõe? Você deve saber, você trabalhava com ele. Essas questões, ele administrava sozinho. Eu fazia algumas diligências para ele. Por exemplo? Levar e trazer, operações bancárias, essas coisas. A que pensa se dedicar agora? Bem, é muito cedo para responder a essa pergunta. Primeiro, tenho que liquidar os assuntos de meu irmão. Depois verei. Poderia me fornecer uma lista de seus clientes? De todos? Só dos que estavam lhe devendo. Vou tentar ver o que encontro.

Horacio se retira, Lascano repara nas solas de seus sapatos: estão novas.

22

Fala... Como vai, Amancio?... Quem é Horacio?... Quem?... Lezama, você disse?... Quando?... E o que te disse?... Não entendo o que pode ter acontecido... E o que sabe?... O que sabe de mim?... Bom... Não. Não faça nada. Deixa comigo... Sim... Eu te ligo... Te disse pra deixar comigo, vocês civis não servem nem para espionar... Você fique calado, sem sair de sua casa até que eu te diga, entendeu?

Giribaldi atira com fúria o fone contra o gancho. Ricocheteia e cai no chão, ululando. Repentinamente, passa da agitação colérica a uma calma contida. Se agacha lentamente, recolhe o aparelho e o coloca suavemente no gancho, sem soltá-lo. Permanece assim um minuto ou dois. Em sua cabeça, começam a cair as fichas das pessoas com quem deve tratar para resolver o embrulho que o imbecil de Amancio aprontou. Vida ganha, como o chamava ele na adolescência. No fundo, Giribaldi, que vem de uma família de classe média baixa, despreza Amancio. Lhe parece frouxo e torpe, sem qualquer objetivo na vida. Considera a si mesmo produto de seu próprio esforço, ganhou tudo com sacrifício, ao passo que, para Amancio, tudo veio de cima. Fortuna, posição social, a mulher, as mulheres, propriedades, tudo grátis. Com um só telefonema para seu amigo Jorge, averigua que o policial que anda metendo o nariz no assunto Biterman não se chama Lezama, mas Lascano. Descobre também que os cadáveres foram parar na Morgue e que o médico que fez o laudo é Antonio Fuseli. Lhe parece oportuno, antes de mais nada, fazer uma visita ao tal Fuseli.

Pela entradinha da rua Lavalle, desce até os porões do Palácio da Justiça, sede do Corpo Médico Legal. O encarregado da mesa de registro de entradas não faz reparos a que passe sem se identificar. Entra no gabinete sem bater à porta. Encontra Fuseli submerso numa pilha de laudos. Quando Giribaldi lhe dá o "bom dia", o médico levanta os olhos por cima de seus óculos, surpreso que alguém entre desse modo.

Sim? Doutor Fuseli? O próprio. Sou o major Giribaldi. Muito prazer, em que posso lhe ser útil? Me consta que você está atuando no caso de três subversivos que foram mortos num enfrentamento no Riachuelo. Três subversivos? O caso está sendo investigado pelo comissário Lascano. Ah, você se refere a Biterman e aos dois não identificados. Correto. Bem, do que precisa? Ver seu laudo. Lamentavelmente, foi remetido há algum tempo ao gabinete do juiz que atua na causa. Quem é o juiz? O doutor Marraco, seu gabinete fica no último andar. Me conte o que encontrou. Na verdade, major, com todo respeito, essa informação você tem que pedir a ele. Se ele quiser dá-la, por mim não há objeção.

Giribaldi se senta diante de Fuseli. Não deixam de se medir nem um só instante. Não dizem uma palavra, nem fazem movimento algum. Fuseli rompe o silêncio.

Posso servi-lo em algo mais? Sim, conhece o comissário Lascano? Conheço. Que opinião tem sobre ele? Se houvesse mais policiais como ele, tudo estaria muito melhor na corporação. No entanto, por algumas averiguações que realizei, não parece muito querido por seus superiores. Como eu disse, se houvesse mais como ele... É seu amigo? Conheço seu trabalho. Nada mais? O que mais quer saber? Me disseram que é suspeito de ideias de esquerda. Hoje, a metade do país é suspeita disso. Inclusive você? Não sei, eu já tenho idade para ser equidistante. Nem esquerdas nem direitas me enganam. Não lhe parece que o momento exige cerrar fileiras contra a subversão? Major, quer que seja franco? Por favor. Veja, vocês estão completamente equivocados na maneira como estão enfrentando o problema da guerrilha. Ah, sim? Sim. Conceberam-no exclusivamente no terreno militar, e, como dispõem do aparato do Estado, o mais provável é que acabem ganhando a batalha. E então? Pois vão ganhar com os meios e o método equivocado. Desculpe a franqueza. Está desculpado, mas continue; me interessa sua opinião. Não levaram em conta as causas que deram origem à guerrilha e se limitam a atacar os sintomas com a metodologia de visão mais curta que já se viu. Quais seriam essas causas? A causa é o povo, major. Os povos, quanto mais despossuídos, mais de esquerda são. Por que? Porque a esquerda promete repartir a grana entre mais gente. E, por pouco que repartam, sempre estarão melhor que agora. Quem nada tem, tem tudo a ganhar; quem tem tudo sempre corre o risco de perder tudo. Veja o caso dos bárbaros. O que têm os bárbaros? Para eles, não importavam nada as posses, adonar-se de uma casa, um castelo ou riquezas. Isso teria significado estabelecer-se e utilizar suas energias para defender suas propriedades. As únicas coisas que eles queriam eram assaltar, saquear, estuprar, incendiar. Mas os povos não são bárbaros, se guiam sempre por seus interesses. Se você não lhes dá nada, então são bárbaros, mas, quando se apossam de algo, se transformam em burgueses. Ou seja: a necessidade os leva para a esquerda, a satisfação para a direita. A verdade é que não entendo. Esta problemática, major, pode ser vista a partir de duas perspectivas distintas. Por um lado, existe o inimigo armado; que se enfrenta com as leis e a justiça, e, se necessário, com as armas. Por outro lado, há o povo. Para que a delinquência não crie raízes nele, é preciso lhe dar coisas que ele valorize, que possa conquistar e que queira defender. As pessoas só aspiram a viver bem, comer todos os dias, educar seus filhos e sair de férias de vez em quando. Me parece que você mistura tudo. É que está tudo misturado. Não se dá conta de que não há tempo para tantas considerações? Agora é o momento da ação. Tempo... é precisamente o fator tempo que não estão levando em conta. Agora me vem com o tempo? Sim, o tempo passa, as situações mudam e os erros que estão cometendo agora vão estourar em suas caras em algum momento. Você tem ideias muito estranhas. É verdade. E muito perigosas. Admito, não há nada mais arriscado que estar certo quando todo o mundo está equivocado. Mas já estou acostumado com isso. Veja, doutor, eu não tenho sua instrução, mas de uma coisa estou certo: o que os comunistas propõem não é o que eu quero para meus filhos. Tem filhos? Não... sim. Tem ou não tem? Sim, um. Tem muita sorte, eu perdi o meu há muitos anos e não deixei de sentir falta dele um só instante. Ao menos pude enterrá-lo. Muitas vezes, me ponho a pensar em todas as mães e pais cujos filhos estão sendo mortos e desaparecidos. O que será de suas vidas, como farão para superar a dor? Digo por experiência, a morte de um filho é algo que nunca se esquece. O que quer me dizer com isso? Nada, não faça caso, é esta perda que nunca abandona um pai. Enfim, major, se isto é tudo, preciso continuar meu trabalho.

Giribaldi se levanta num salto, como que obedecendo a uma ordem. As palavras do legista o confundiram. Odeia se sentir confuso. Rapidamente, transforma essa sensação em ira, e a ira – acredita – põe de volta tudo em seu lugar. Ridiculamente, bate os calcanhares e reprime o movimento de fazer continência ao médico. O "bom dia" fica entalado em sua garganta, e, a contragosto, sai tímido. Dá meia volta e sai. Um calafrio percorre Fuseli. O medo que emana desse homem fica a pairar como um pedaço de carne assada queimando na churrasqueira.

Durante toda a manhã, tenta localizar Lascano por telefone, mas não consegue achá-lo.

23

Enquanto espera que o gerente o receba, Lascano se entretém com a faina do banco. Já esteve aqui em outra ocasião. Foi há um ano, quando teve que investigar o abuso de confiança que envolvia o gerente e o tesoureiro da época. Os caras haviam dado o golpe perfeito. Uma segunda-feira, não apareceram. Chegado o meio dia, enviaram da casa matriz, alarmados, um supervisor para abrir o cofre. Estava limpo. Imediatamente, denunciaram o caso. Um perito contador determinou que faltavam cinco milhões de dólares. Pôs-se em marcha a investigação e se soube que os funcionários haviam saído do país pela Ponte do Inca-Caracoles sábado à tarde em um carro alugado, e ali havia se perdido seu rastro. Quando a tinta do pedido de captura internacional ainda estava fresca, os dois se entregaram mansamente aos *carabineros*[42] em Santiago do Chile. Num procedimento veloz, trouxeram-nos algemados até Ezeiza e, dali, foram diretamente ao gabinete do juiz. Diante de vossa excelência, ambos expressaram seu arrependimento, disseram que haviam se sentido tentados, mas, pensando bem, haviam se dado conta do errado que fora seu proceder, e, somando fatos às palavras, revelaram o lugar onde haviam ocultado o butim. Os milhões foram recuperados por um oficial de justiça escoltado por meia dúzia de policiais encabeçados por Lascano. No fim das contas, pegaram uma pena curta, de execução suspensa, e, em pouco mais de quarenta dias, saíram em liberdade. Perderam o emprego, é claro. Chamou a atenção de Lascano que os diretores recebessem a fortuna recuperada sem que se alterasse o mau humor. Pouco trabalho lhe custou averiguar a verdade. No banco, trabalhava Fermín González, um conhecido de Lascano que tinha um passado um tanto turvo. Quando o interrogou, não precisou ameaçá-lo de revelar seu prontuário aos empregadores; ao vê-lo chegar, Fermín lhe propôs se encontrarem fora e lhe contou

---

42 Polícia chilena de caráter militar (N do T).

como havia sido a coisa. No cofre, não havia cinco milhões; havia quinze. Mas os outros dez pertenciam a uma contabilidade paralela. Os diretores não tinham como justificar esse capital clandestino. Tesoureiro e gerente viram a oportunidade de se apossar dele sem maiores complicações. Fermín acrescentou que se ele estivesse no lugar dos dois, teria feito o mesmo, afinal, *quem é mais ladrão, os funcionários infiéis ou o banco?* O Cachorro se limitou a dar de ombros e aconselhá-lo.

Olha, Fermín, não sei se está a par, mas a morte tem cotação, como qualquer outro serviço. Sabe quanto custa hoje, na rua, meter bala em alguém? Nem ideia. Quinhentos dólares, serviço profissional de primeira. De modo que se algum dia te aparece a oportunidade, pense também nisto.

E aqui está Fermín, como um bom menino. Quando vê Lascano, lhe sorri e põe um dedo na têmpora. Nesse momento, uma secretária o faz passar ao gabinete do senhor Giménez, o gerente.

Muito prazer. Encantado. O que o traz aqui? Estou fazendo averiguações em relação a um cliente seu. De quem se trata? Elías Biterman. Está envolvido em problemas? O problema agora é meu. Ele, mataram. Não me diga. Digo. Bom, o senhor sabe que não posso revelar informação de meus clientes sem uma ordem judicial. Se faz questão, posso consegui-la. Mas temo que se demorar, o assassino escape. Não necessito, por ora, nada escrito. Só lhe peço que me informe dos últimos movimentos de suas contas, extraoficialmente.

Giménez pigarreia e se inclina até o intercomunicador.

Graciela, por favor, traga-me os extratos da conta do senhor Biterman.

O gerente adota um tom de confidência.

Bom, posso lhe assegurar que há muita gente que vai se alegrar com essa notícia. Isso é o que me consta. Cá entre nós, Biterman era um vampiro.

Graciela lhe traz uma pasta.

Precisa de mais alguma coisa? Isso é tudo, muito obrigado.

Espera que a secretária saia, abre a pasta, põe os óculos e lê.

Vejamos... Bom, tem um saldo de quase setenta milhões... Bonita soma. Se tinha isso guardado aqui, não quero imaginar o que teria escondido... Ultimamente, depositou vários cheques que foram devolvidos. No total, somam algo mais de quatorze milhões de pesos. Quem os emitiu? Amancio Pérez Lastra.

Giménez vira o extrato e alcança um bloco de notas e uma lapiseira a Lascano.

Aqui está, anote os dados que eu estou distraído.

Lascano rabisca o endereço, arranca a folha e a enfia no bolso.

O que mais há? O resto são depósitos e retiradas em dinheiro, mais comissões do banco e essas coisas. Nada significativo. Bom, foi de grande utilidade. Se puder lhe servir em algo mais... Já que falou nisso, sim. Estou precisando de um cofre. Tenho algumas coisinhas pessoais que gostaria de manter em segurança. Como não.

O gerente aperta o botão do intercomunicador, repetindo exatamente o gesto de antes.

Graciela, vai aí o comissário, que precisa de um cofre. Por favor, abra a conta dele imediatamente. Depois, me traga os formulários que eu viso.

Giménez deixa seu assento e caminha com o Cachorro até o salão principal.

Posso autorizar minha sobrinha a usá-la? Claro. Fale com Graciela. O senhor é muito eficiente. Muito obrigado.

Em poucos minutos, Graciela lhe abre uma conta e lhe disponibiliza um cofre no qual Lascano guarda os dois maços de dólares recuperados do puteiro de Tony Ventura. Mais adiante, verá com que argumentos convence Eva a dar-lhes um destino honesto. Agora, tem o nome e o endereço desse Amancio, que deve um dinheirão ao morto. O cara vive no Bairro Norte e o olfato lhe diz que está numa pista mais que sólida. Decide fazer uma visita ao tal Pérez Lastra, para ver o que tem a dizer.

24

Pela manhã, o Cachorro havia deixado o Falcon com Tito, o chefe de oficina da Federal, para que arrumasse as varetas. Pega um 61[43] desconjuntado e se entretém por uns minutos com a paisagem em mutação. Enquanto o trânsito engarrafa e a marcha se torna mais penosa, saca sua cadernetinha e relê as anotações que fez na noite em que se pôs a averiguar prontuários no departamento. Ali, com letra imprecisa, está resumida a versão policial da história de Eva. Meia hora mais tarde, o ônibus deixa-o às portas do Palais de Glace[44]. A subida da rua Ayacucho não é adequada para fumantes empedernidos, de modo que a encara com calma e a enfrenta lentamente, inalando todo o ar que cabe na reduzida capacidade de seus pulmões. O Alvear Palace[45] está com bandeiras hasteadas e muito agitado com a chegada e saída de automóveis oficiais. O asfalto está salpicado de pequenos adesivos celeste-e-branco com uma legenda: "Os argentinos somos direitos e humanos"[46]. Balança a cabeça e atravessa a avenida. Cruza as ruas Quintana, Guido e Vicente López até a formidável edificação, obra do arquiteto Bustillo[47]. Ali vive Amancio. À porta, vestido com um conjunto Umbu cinza, se encontra o porteiro, lavando a calçada.

---

43 Ônibus urbano portenho que faz o trajeto Constitución-Retiro (N do T).

44 Espaço cultural onde trabalhou o próprio Mallo, situado no bairro portenho da Recoleta (N do T).

45 Hotel de alta categoria situado na Recoleta (N do T).

46 Lema de uma campanha publicitária promovida pela ditadura argentina de então, com vistas, sobretudo, à copa do mundo de 1978, em resposta às denúncias sobre violações aos direitos humanos que começavam a proliferar no exterior (N do T).

47 Alejandro Bustillo (1889-1982), um dos mais importantes arquitetos argentinos, autor de várias edificações importantes (N do T).

Lascano se aproxima. Não necessita dizer uma palavra para que o homem com olhinhos de camundongo reconheça sua autoridade. Quando o vê, se apoia no cabo do escorredor, saúda-o com o sorriso servil de um caçador de gorjetas.

Bom dia. Bom dia, diga, aqui vive a família Pérez Lastra? Sim, cavalheiro, terceiro andar. Quer que abra a porta? Sabe se o senhor está? Deve estar porque eu não o vi e não é de sair cedo. A menos que tenha ido ao campo, mas não creio, porque sua caminhonete está aí.

O homem aponta com a cabeça para a calçada em frente. Lascano segue a indicação. Invadindo a área de parada do transporte público, há uma Rural Falcon. O Cachorro atravessa a rua e o porteiro retoma sua tarefa. Dá uma volta ao redor do carro, inspecionando-o detidamente. Se distancia uns passos, saca sua caderneta e anota o número das placas. Nesse momento, Amancio sai com um pacote na mão Lascano guarda seu caderno de notas e o vê atirar o envoltório junto ao assento do condutor, entrar e por o carro em marcha. Poucos metros mais atrás, uma mulher de uns oitenta anos sobe lentamente num táxi. Lascano aperta o passo até lá, chega quando ela está a ponto de fechar a porta e a impede, se enfia no veículo e saca seu distintivo de policial.

Desculpe, senhora, mas esta é uma emergência policial. Por favor, siga essa Rural.

Os olhos da mulher logo brilham.

Como nos filmes! Perdoe o contratempo. Não se preocupe, estou encantada, enfim um pouco de emoção. É um assassino? Só um suspeito. Sério? Desculpe a curiosidade, suspeito do quê? Não posso dizer. Claro, o sigilo do inquérito. Exatamente. Ai, quando contar para as meninas, não vão acreditar.

O chofer é hábil e se põe atrás da Rural. Em poucos minutos, estão na esquina de Esmeralda e Viamonte. Amancio põe a mão para fora da janela, indicando que vai entrar num estacionamento.

Me deixe aqui. Senhora, perdoe novamente. Por favor, foi um prazer, mesmo que não tenha acontecido nada.

Lascano põe duas notas na mão do motorista, desce e se mistura às pessoas que vão e vêm. Amancio sai, atravessa a rua e entra no Banco Municipal de Empréstimos, Lascano atrás dele. Enquanto

Pérez Lastra se aproxima de um balcão, o Cachorro simula interesse pelos objetos das prateleiras, a partir de onde pode vigiá-lo comodamente. Amancio fala com um funcionário, abre o pacote e tira uma 9 mm. O empregado a examina enquanto fala. Amancio assente com a cabeça. O funcionário coloca a pistola numa caixa de madeira e começa a preencher um formulário com os dados da arma. Continua conversando com Amancio, que pega sua carteira e lhe mostra seu documento de identidade. O funcionário anota rapidamente, vira o talonário e lhe entrega a caneta esferográfica. Amancio assina e a devolve. O funcionário também assina e estampa um selo nas quatro cópias. Arranca a segunda e a entrega a ele, apontando para os caixas, do outro lado da sala. Amancio pega a cópia e se coloca na fila que espera a vez para receber, mede o comprimento da fila, tira do bolso um exemplar da *Palermo Rosa*[48] e se põe a ler. Lascano, sem perdê-lo de vista, se aproxima do balcão, virando as costas para os caixas. Dissimuladamente, mostra o distintivo ao funcionário.

Diga-me, que operação fez o homem que você recém atendeu?
Quem, aquele?

Ergue a mão para apontar na direção de Amancio. Lascano, rapidamente, pega-o pelo braço e o faz baixá-la.

Seja discreto, por favor. Sim, desculpe. O cara empenhou uma pistola. Permita-me vê-la.

Pega a caixa de madeira e coloca-a sobre a mesa. O Cachorro pega-a, leva o cano até o nariz. O cheiro de pólvora está muito fresco. Falta o carregador. Tira do bolso o pedacinho de plástico que encontrou no elevador e o compara com o pedaço de placa do cabo que falta. Encaixa perfeitamente. Copia em sua caderneta as principais informações do formulário. Se despede do funcionário. Amancio ainda está na fila. Lascano sai à rua e toma um táxi.

Para o Hipódromo de Palermo, por favor.

Se posiciona perto do acesso ao palco oficial. Quinze minutos mais tarde, Amancio faz sua entrada com ares de xá da Pérsia e ganha distância rumo à confeitaria. O Cachorro sorri, com segurança. Espera uns instantes e toma o mesmo caminho. Ao chegar, detecta-o sentado a uma mesa junto a uma mulher jovem, belíssima e distante, com a

---
48 Revista argentina de turfe e futilidades (N do T).

atitude das moças grã-finas às quais tudo parece a coisa mais natural do mundo. Demasiado consciente, talvez, da atração que provoca. Senta-se junto à janela, dali pode vigiá-los sem risco. Uma figura conhecida se aproxima deles. Saúda e conversam brevemente. Os alto-falantes anunciam a largada do terceiro páreo. Horacio se despede e sai. Amancio estuda o programa das corridas e Lara se entedia. Pela janela, Lascano tem a visão de Horacio junto à grade que separa o público da pista. *Hora de entrar em ação*, diz para si, e se dirige à mesa dos Pérez Lastra. Mostra seu distintivo e se senta com eles.

Bom dia. Bom dia. Sou o comissário Lascano. É o senhor Pérez Lastra? O próprio. Minha mulher, Lara. Encantado. Em que posso lhe ser útil? Estou fazendo uma investigação relacionada a um conhecido seu e necessito lhe fazer umas perguntas. Pode perguntar. Elías Biterman. Biterman?, sim, claro que o conheço. Qual é sua relação com ele? Comercial. Me troca cheques ou me empresta dinheiro. Lhe deve muito? Sim, creio que estou lhe devendo algo. Quando foi a última vez que o viu? Está com problemas, o turco? Responda minha pergunta, por favor. Não sei, talvez uma semana. Onde se encontraram? Num café da rua Florida. Recorda qual? No Richmond. Par que foi vê-lo? Para acertar os pagamentos do que devo. Quanto lhe deve? Bem, não sei ao certo neste momento. Aproximadamente? Não sei, um milhão, mais ou menos. E o que combinaram? Na verdade, nada. Ele ficou de me mandar um resumo e uma proposta com seu irmão Horacio, mas não mandou. Compreendo. Poderia me dizer onde esteve na terça à noite? Na terça? Jantamos em casa, não é, meu amor? Pse. Sim, nos deitamos cedo. Como machucou o rosto? Caí do cavalo, no campo. Tem carro? Sim. Uma Rural Falcon 74. De que cor. Cinza. Onde está? Aqui, no estacionamento do Clube, quer vê-la? Não é necessário. Qual é seu grupo sanguíneo? Sou O negativo. Pode me dizer o que está acontecendo? Biterman foi assassinado. O que? O que você ouviu. Não estará pensando que... Por ora, não penso nada. Estou investigando todos os seus devedores. Compreendo. Bom, isso é tudo. Talvez precise voltar a vê-lo. Bom dia, senhora, desculpe o incômodo....m dia.

Lascano fica de pé, lhes dirige uma breve reverência e sai.

E agora, que cagada você fez, amor? Nenhuma, parece que mataram um cara que eu conhecia. Isso eu já escutei, foi você? Mas como pode pensar?! Terça, eu cheguei em casa às sete da manhã e você não estava. Isso eu já te expliquei. Sim, para mim já explicou, mas para o policial, mentiu.

25

A manhã é clara. Giribaldi perde a paciência ao volante de seu carro. Se pergunta porque Maisabé demora tanto, se já estava pronta quando ele saiu em direção à garagem. Por fim, aparece, trazendo o menino meio escondido. Giribaldi abre a porta traseira para ela. Pelo retrovisor, nota que tem a cara desalinhada e que esteve chorando. *Quem a entende?* Decide que o melhor será ir pelo Baixo[49]. Pega a 9 de Julho, dobra pela Diagonal Norte e desemboca diante da Casa de Governo. Um grupo pertencente às Mães da Praça de Maio, com seus lenços brancos na cabeça, dá voltas ao redor da pirâmide.

Maisabé repara nessas mulheres silenciosas, enquanto o carro margeia-as pela Hipólito Yrigoyen. O semáforo da rua Defensa lhes fecha a passagem. Ficam em linha reta com elas. Uma das mães detem sua marcha e olha para o lado onde se encontra Maisabé, que se sente descoberta. A mulher começa a caminhar até o carro, com gesto duro. O medo fecha a garganta de Maisabé, pressiona-lhe os músculos e não percebe que está apertando o menino com excessiva força. O bebê começa a chorar. Giribaldi pergunta o que está acontecendo. Soa uma buzina atrás, o sinal abriu, engata a primeira e arranca. Maisabé se volta, a mão está agora junto ao cordão, cumprimentando e abraçando outra mulher. Maisabé começa a tremer e a soluçar.

Pode-se saber por que está chorando? Por nada, Leonardo, por nada, me deixa.

Seguem viagem pela Leandro Além em direção ao norte, sem outras alternativas além do caótico trânsito de um dia qualquer às dez da manhã. Giribaldi faz uma parada no The Horse, sob as linhas de trem, na esquina de Juan B. Justo e Libertador. Deixa sua mulher

---

49 Zona de grande circulação situada próxima ao centro da cidade de Buenos Aires (N do T).

e o menino esperando e vai ao encontro de Amancio. Está sentado a uma mesa, mexendo ansiosamente o café. Ser frouxo, desprezível, excessivamente preocupado por causa da esposa. Uma putinha, por mais sobrenomes que use. Sempre pedindo, sempre fazendo tempestade em copo d'água, embora, no caso, seja de whisky. É o que sempre acontece com os civis, têm mais hesitações que força de vontade. Se aproxima da mesa de Amancio e lhe fala de cima, fazendo-o sentir sua maior estatura, sua superioridade. Amancio lhe dirige o que acredita ser seu melhor sorriso.

Giri, me parece que a coisa está ficando preta de verdade. E agora, o que houve? O policial veio me ver. Me fez um montão de perguntas sobre Biterman. Lascano? O próprio. Pedaço de idiota!, da outra vez me disse Lezama, tive que me virar para descobrir quem era. Eu te disse Lezama? Sim. Desculpe, me enganei. Você está sempre se enganando. O que precisa entender agora é que se meteu num jogo de gente grande e, neste jogo, os erros se pagam muito caro. Tem razão, me desculpe. Quer parar de pedir desculpas o tempo todo? O que Lascano quer? É o mesmo que foi ver Horacio. Puta merda! O que lhe disse? Nada, mas me fez mil perguntas. O cara suspeita. Como chegou até você? Eu sei lá. Não abriu o bico esse Horacio? Não sei, pode ser. Sabe algo de mim? Quem? Horacio!, quem mais? Nem uma palavra. Tem certeza? Mas você acha que eu sou algum idiota? Bem... na verdade, um pouco idiota você é.

Ergue o olhar e vê que sua mulher desceu do carro e embala nervosamente o bebê, que se debate e berra. Amancio acredita ter causado o mau humor que se desenha na cara de Giribaldi.

Bem, tenho que ir até esse padreco que você me recomendou, para ver se acaba a loucura que Maisabé tem com o menino. E eu, que faço? Você pegue agora mesmo essa putinha que você tem, tranque a casa e vá para o campo até que eu te avise. E qualquer coisa, mantenha o bico fechado. Se te pegam, tem que me avisar logo. Diga que, por uma questão de segurança, precisa se comunicar com o major Giribaldi. Está claro? Como a água.

26

Na sacristia, sem se dar conta de que o bebê caiu no sono, Maisabé continua a embalá-lo freneticamente. Giribaldi se distrai com as imagens dolorosas pregadas nas paredes. O Sagrado Coração, coroado de espinhos, verte gotas de sangue sobre o mundo. De um dos lados, são Sebastião, trespassado por flechas, sofre o martírio com expressão um pouco aviadada. Junto a ele, são Jorge, feroz, espeta o dragão, que se retorce no solo, entre as patas de seu cavalo. O padre Roberto abre a porta. É jovem, veste jeans e camiseta, poderia passar por um estudante de Engenharia ou Ciências Econômicas, tem um sorriso largo como de criança e modos pausados, algo afeminados. Fala suavemente.

Major, que prazer, e a senhora deve ser Maisabé. E o menininho, como se chama? Se chama Aníbal, padre. Não me chame de padre, meu nome é Roberto. Como achar melhor. O que está acontecendo?

Roberto pega no ar o receio que Maisabé tem de Giribaldi, que parece estar vigiando um prisioneiro perigoso.

Major, se incomoda se eu pedir que me deixe um momento a sós com sua mulher? Como?, não, não, claro que não, fico lá fora. Muito obrigado...

O major hesita um momento e sai como quem vai cumprir uma penitência.

Bem, me conte, Maisabé, o que está acontecendo? Não sei se você sabe, padre... perdão, Roberto, que esta criança, na verdade... Não me explique nada, já sei tudo. Me diga o que está acontecendo com você, me parece que não está se sentindo muito bem com sua nova condição de mãe. Acho que estou ficando louca. Mas por que? Este menino me odeia. Mas como esse anjinho vai te odiar? Me olha de um jeito... De que jeito? Como se me acusasse do que aconteceu com sua mãe, de tê-lo roubado. Mas não, essas são coisas suas, Maisabé, é sua imaginação. Sabe?, quando nasce uma criança, as mães costumam ficar um pouco nervosas. Tudo bem que você não pariu este filho, mas o desejou tanto que, creio, está acontecendo com você algo parecido. Você acha? Me parece que sim. Na outra noite, pensei que estava em pecado por havê-lo roubado. Você não roubou nada, Maisabé, você salvou este menino. Sim, mas a mãe... A mãe não foi capaz de protegê-lo e se meteu em coisas que não devia. Você não é culpada do que quer que tenha acontecido com ela. A única culpada é ela mesma, deveria ter pensado melhor antes de se meter no que se meteu. Mas não permanece em pecado quem não devolve o roubado?

O padre passa-lhe a mão pela cabeça e pega-a pelo queixo, com doçura.

Maisabé!... isso é para as coisas, não para as pessoas. Pense um pouco, o que seria deste pobre anjo caso se criasse num lar subversivo? Perceba que aqui Deus interveio para pôr este menino em suas mãos. A Providência se apiedou de seu destino e lhe deu um lar cristão, onde vai ser criado nos valores verdadeiros. Você e seu marido representam esses valores, por isso estão aqui.

Envergonhada, Maisabé baixa a cabeça. A mão de Roberto se demora em seu pescoço.

Padre, uma noite, pensei em matá-lo para que voltasse para sua mãe. Bom, entendo seus remorsos, isso mostra que você é uma boa pessoa. Às vezes, nossas melhores intenções nos levam pelo pior caminho, mas, agora, está vendo a luz, e esse pecado do pensamento está perdoado. Sério, padre... Roberto? Claro, Maisabé, venha comigo...

A conduz até um reclinatório onde se ajoelham. Lhe entrega uma estampilha da Virgem da Imaculada Conceição rodeada de querubins com sua mão erguida, os olhos apontando para o céu e uma barriguinha incipiente. Passa o braço por seus ombros e coloca a outra mão, de punho fechado, contra seu próprio peito.

Reze comigo a "Oração das crianças perdidas".

Abraçada por Roberto, sustendo o pequeno em seus braços e contemplando fixamente a imagem, Maisabé repete em voz pausada as palavras do padre.

Oh, Senhor!, que tudo vês, vela por esta criança perdida que foi encontrada.

Oh, Senhor!, que tudo podes, deixa que todas as crianças encontrem o caminho de Ti.

Oh, Senhor!, que Tua infinita piedade proteja esta criança.

Com Tua mão misericordiosa, salva-o, como Moisés, das procelosas águas.

Dá-lhe uma vida limpa cheia de Ti, para Tua maior glória.

Em nome do Pai, do Filho e do Espírito Santo. Amém.

Aníbal, Maisabé, eu os abençoo em nome de Deus. Vão em paz.

Giribaldi não pode crer no que vê quando Maisabé sai da sacristia, seguida de perto por Roberto. Dá a impressão de estar fora de si, seu rosto mudou e parece iluminado por uma luz de serena harmonia. Suas mãos estreitam o pequeno com amorosa delicadeza, e, ao passar a seu lado, lhe dirige um sorriso tênue, como se houvesse sido transportada a outro mundo. Giribaldi sente e reprime um potente desejo de chorar, que imediatamente dá lugar a uma sensação de terror.

Voltará algum dia Maisabé desse outro mundo ou ficará suspensa ali para sempre?

27

Lascano passa na oficina para pegar seu carro. Tem que se apresentar a seu superior imediato, que marcou com ele para as dez. Mergulha no tráfego da cidade.

Chamam seu chefe de Dólar Azul porque até o mais trouxa percebe que ele é falso. Intriga-o o que trará ele nas mãos. Sabe que deve ter muito cuidado com ele. É voz corrente que mandou vários policiais a uma emboscada da qual não saíram vivos. Diz-se que essa é sua maneira preferida de se livrar daqueles que o incomodam, especialmente os que metem o nariz em seus negócios. Dólar Azul administra os fundos provenientes do sistema de adjudicação das delegacias. Se um comissário quer ser titular de uma, deve pagar o aviamento. As distintas seccionais têm, é claro, diferentes preços. A Primeira é a mais valorizada e atraente. Por sua localização em plena City, é a que melhores negócios permite. Ali, há de tudo e corre grana para jogar fora: putas, bares, discotecas, traficantes, homossexuais, banqueiros, empresários, todos têm algo a esconder, algo a conseguir, algo a simular. Tudo isso significa dinheiro a rodo. Lascano se manteve sempre distante desse sistema, pelo qual nunca demonstrou maior interesse, coisa que agrada mas que também desperta suspeitas entre os que estão no esquema.

Na altura do Congresso, consulta o relógio, está chegando a tempo. Às três para as dez, passa pela porta da rua Moreno do Departamento de Polícia. Contorna o pátio de palmeiras, sobe até o segundo andar, e, às dez em ponto, bate à porta do gabinete de Dólar Azul. Ali se encontra o chefe acompanhado por outro sujeito, logo descobre, é milico, e uma borbulha ácida estoura no estômago de Lascano.

Bom dia, senhor. Bom dia, Lascano, permita-me apresentar-lhe o major Giribaldi. Muito prazer. Então, você é o famoso Cachorro. Famoso? Todo o mundo o conhece. Isso não é muito bom no meu trabalho, eu prefiro passar despercebido. Tenho certeza que sim. Bom,

Lascano, o major aqui precisa falar com você, de modo que se me desculpam, tenho um assunto a resolver, vocês conversem tranquilos. Como você preferir. Obrigado, Jorge.

O chefe põe o quepe e a entalhada jaqueta de seu uniforme e deixa o gabinete. Giribaldi ocupa seu lugar à escrivaninha.

O que anda fazendo, Lascano? O de sempre, trabalhando. Em que está trabalhando? Homicídio. Biterman. Como sabe? Eu sei muita coisa. Estou vendo. Você recolheu três cadáveres perto do Autódromo. Isso mesmo. Levou-os à Morgue. Correto. Bom, pra sua informação, esses corpos eram de três subversivos que enfrentaram meus homens. Não sabia, mas me chamou a atenção um deles, Biterman, que era muito mais velho que os outros. E o que você acha, que todos os subversivos têm vinte anos? Não, soube até que houve alguns de quinze, de doze e até de um ano. Está fazendo graça? De modo algum, te digo aquilo que sei. O que mais sabe? Que mataram Biterman em outro lugar e o plantaram ali. E por que isso seria da sua conta? Sou policial. E se é tão policial, por que não investigou os outros dois? Porque não posso, você sabe muito bem. Ao menos um terá justiça. Não me encha o saco com a justiça. Não é tempo de pensar em besteiras. Eu te digo que tampouco pode investigar Biterman. Entendeu? É uma ordem? É uma ordem...

O militar o estuda calado, com os dois punhos tensamente cerrados sobre a mesa. Solta um suspiro e se reclina no assento.

Olhe, Lascano, você é um cara valioso, um policial muito perspicaz. Mas há coisas que eu acho que não está entendendo. Como o que? Não importa, não vou começar a dar explicações agora. Pare de encher o saco com o caso desse judeu de merda. Tem mais a perder que a ganhar. É mesmo? Veja, lhe proponho algo. Venha trabalhar comigo. Vou te aumentar a categoria e o salário. Mas, antes, tire umas boas férias com essa namorada que tem em sua casa. Prefiro continuar como estou. Não aproveitar o que estou lhe oferecendo seria muito estúpido, Lascano, e eu não creio que você seja estúpido. Não encha, Lascano, e faça o que eu lhe digo. É melhor para você. Teria que pensar. Pense... mas logo. Você não é de esquerda, é? De esquerda? Não, eu tento fazer tudo o mais direito que consigo. Essa ironia ainda vai ser sua perdição. Quero sua resposta para amanhã, transmita-a a Jorge, me encarregarei de vir buscá-lo. Como não?, algo mais? Pode se retirar. Obrigado e bom dia.

O Cachorro não espera o elevador, desce pelas escadas a toda velocidade. A borbulha de seu estômago se transforma numa bola de fogo. Teme que o levem na própria porta do Departamento. Vai até a esquina, sobe em seu carro e parte imediatamente. Duas quadras mais adiante, coloca a sirene sobre o teto e atravessa a cidade como um demônio, sem parar em nenhum semáforo, ziguezagueando em meio ao trânsito enlouquecido da manhã e sem acender um único cigarro em todo o trajeto. Quando chega a sua casa, estaciona em qualquer lugar, sem perder tempo sequer em fechar à chave. Irrompe como uma tromba d'água em seu apartamento.

Nesse momento, dois homens, um alto e fornido com uma boa barriga de bebedor de cerveja e outro baixinho, sombrio e amargo, entram no edifício de Biterman. Chegam ao quarto andar no instante em que Horacio sai, carregando uma maleta. Chamam-no por seu nome e quando responde que sim, que é ele, Sombrio saca sua pistola e mete-lhe um tiro na cara. Horacio, deixando os sapatos onde estivera pisando, inicia um curto voo, que termina quando bate a cabeça contra a parede e se esparrama sobre o chão com os olhos abertos. Ato contínuo, começa a jorrar dele uma torrente de sangue. Quando cessam os ecos do disparo, Barriga de Cerveja ouve claramente o ruído que faz o olho mágico ao se fechar. Sombrio lhe faz um sinal com a cabeça. Barriga se dirige até a porta, sacando e engatilhando sua pistola. Bate. Em seguida, se abre o visor e se ouve a voz da vizinha perguntando quem é. Barriga põe o cano de sua arma no olho mágico e aperta o gatilho. Do outro lado da porta, se ouve o ruído que o corpo da vizinha produz contra o solo. Quando se vira, Sombrio já está dentro do elevador. Barriga o alcança e se vão.

Eva se assusta pelo modo como Lascano bate a porta ao entrar.

Ei, que houve? Mocinha, não tenho tempo para explicar. Temos que ir embora já. Aonde? Depois te conto tudo. Arrume uma mala com suas coisas e as minhas. O mínimo indispensável. Não se esqueça dos documentos. Mas que houve? Confie em mim. Depois te explico tudo. Agora não dá tempo. Temos que ir embora já! Está bem.

A reação de Eva é imediata e absolutamente eficaz. Localiza e guarda rapidamente tudo de que realmente necessitam. A experiência de anos de clandestinidade vai lhe ditando as prioridades e a ordem em que vai enfiando tudo dentro de uma bolsa. Odeia o retorno dessa sensação de fuga vertiginosa. Enquanto se dedica a essa tarefa, Lascano pega o telefone.

Sim... O doutor Fuseli, por favor... Vamos, vamos... Sim, com o doutor Fuseli... Alô, sim, Fuseli...? Cachorro... Mal, tudo mal... Estão sabendo de tudo... Não me diga, quando? Sim, já sei que anda atrás de mim, mas não seria de surpreender caso vá atrás também de você. Me parece que a coisa ficou preta de verdade... Claro que deve saber, e se não sabe, deve estar averiguando neste momento... Creio que caiu a noite para nós... Eu estou caindo fora neste momento... Por nada... Caia fora já... Tem para onde ir?... Está bem, não me diga... Tem grana?... Bem... Sim, mas agora mesmo, entendeu?, agora mesmo... Boa sorte... Tchau... e me perdoe por te meter nesse rolo... Obrigado... Tchau... te cuida.

Eva, segurando a bolsa, aguarda com a mão na maçaneta.

Tudo pronto? Pronto. Vamos embora.

Correm até a saída. Lascano se detém.

O que houve? Estamos esquecendo de algo. De que?

O Cachorro dá meia volta e vai até a gaiola do pássaro. Abre as grades, pega-o muito delicadamente com a mão, vai até a janela, abre-a e solta-o.

É preciso deixá-lo solto, senão vai morrer de fome. Você é um sentimental, te amo.

A casa fica em silêncio. O pássaro pousa com suas pequenas garras no corrimão. Vindo de algum lugar, veloz como um raio, um gato dá um salto, o intercepta com suas garras e lhe crava os caninos na cabecinha com um crec como o que fazem as nozes ao quebrar.

28

Os torcazes revoam sobre os eucaliptos. A manhã é esplêndida. O inverno ainda não apagou totalmente a brilhante sinfonia de ocres do outono. Amancio está sentado no alpendre de La Rencorosa vestindo bombacha campeira, alpargatas, blusa de vaqueiro, lencinho vermelho no pescoço e jaqueta de camurça. Desfruta sua primeira oportunidade de espairecimento nos últimos tempos e se entretém lendo os obituários do *La Nación*[50]. Só lhe resta esperar até que toda a questão de Biterman esfrie. Giribaldi se encarregará de colocar o tira em seu devido lugar e ele poderá retomar seus afazeres na capital. Planeja acender o fogo para o churrasco com os cheques e os papeis que havia assinado para Biterman. Quanto está no campo, se apodera dele um sentimento rural que se lhe impregna até na linguagem. A seu lado, Lara, como de costume, lixa as unhas. Para ela, o campo é um lugar espantoso onde os frangos passeiam vivos e, a modo de protesto, se veste como quando sai às compras na avenida Santa Fé[51]. Não entende porque têm que ficar ali, Amancio não lhe deu muitas explicações, pois teme que, algum dia, ela as use contra ele. Dona Lola chega da cozinha com os utensílios do mate e coloca-os na mesinha, entre os dois. Lara tem nojo do mate.

Não sei como você pode tomar essa porcaria. Eu gosto, querida, não se esqueça que sou um homem do campo. E por que não fica morando aqui, com suas galinhas?

Se faz de desentendido e desfruta do prazer de tê-la ali, de algum modo cativa, sem lugar para onde ir, sem possibilidade de se encontrar com o Polaco, com Ramiro ou com quem for. Pelo caminho

---

50 Vetusto e conservador jornal argentino, tradicional porta-voz da oligarquia agropecuária (N do T).

51 Avenida do centro-norte de Buenos Aires, conhecida por suas lojas de vestuário (N do T).

de terra, a brisa brinca de fazer redemoinhos com as folhas caídas. Amancio ergue o olhar. Junto à porteira, parou um Ford Falcon com dois homens. Não precisa de mais informações para reconhecê-los como homens de Giribaldi. Seguramente, vêm lhe comunicar que já está tudo em ordem. Chama dona Lola e lhe ordena que vá abrir-lhes a porteira. Fica de pé em pose de estancieiro. A mulher aperta o passo pelo bulevar, secando mecanicamente as mãos com o pano de prato. O carro passa pela porteira, se detém junto a dona Lola, o condutor lhe fala brevemente. A mulher permanece ali, sem fechar. Chegam até o alpendre, o acompanhante desce, contorna o carro por trás e vai até a cinco passos de Amancio. Lara subiu a saia uns centímetros para que os visitantes possam apreciar suas magníficas pernas.

O senhor Amancio Pérez Lastra? A seu dispor, Giribaldi deve tê-los mandado. Isso mesmo. Bem, qual é a mensagem?

Como resposta, o homem saca uma pistola e faz fogo. Um bando de pombas se põe a voar, abandonando os galhos do formidável eucalipto. Amancio cai, arrastando consigo a chaleira, a cuia e o conjunto com a mateira e o açúcar. Lara está paralisada, caiu-lhe o queixo e seu formoso rosto se pinta com uma pátina de assombrada imbecilidade. O assassino dirige, então, o cano para ela e dispara. Com a força do impacto, a cabeça de Lara faz um movimento circular, sacode sua magnífica cabeleira como se fosse um anúncio de xampu e cai com cadeira e tudo sobre os gerânios. O matador se aproxima dos corpos caídos e lhes dá um novo tiro em cada um, na têmpora. Volta ao carro, que o condutor já embicou rumo à saída, sobe e se vão. Na porteira, dona Lola, aterrorizada, imóvel, pálida como um fantasma, segura firme o pano de prato. O Falcon chega a seu lado e freia, o condutor saca uma arma pelo vidro, ela ergue o trapo como se fosse um escudo. Através do pano, o homem a fuzila e lhe dá o tiro da misericórdia quando já está caída sobre uma mata de trevos. O carro atravessa a porteira e se vai por onde veio.

Lentamente, voltam os trinos dos pássaros, o vento a brincar com as folhas, as torcazes a seus ninhos, e vai se aplacando a nuvem de poeira que as visitas levantaram em seu rastro.

29

Mocinha, deu a maior merda com uma investigação que estou fazendo. Que houve? Um homicídio, comecei a averiguar coisas e me meti no chiqueiro dos milicos. Puta que pariu! Eu que o diga. Lascano, você sabe que eu... Não me diga nada, mocinha, sei tudo sobre você. E então? Não muda nada. Se tivesse sua idade, provavelmente faria o mesmo. Faria o que? Tentar derrubar esses filhos da puta que estão arrebentando com todos nós. Lascano, você não para de me surpreender. Agora, temos que sair do país, se não quisermos que nos surpreendam eles. Qual é a ideia? Olha, eu tenho que encerrar este assunto. Não me pergunte por que. Vou deixar com um juiz as provas do homicídio. E para que isso? Aí termina meu trabalho. Você é muito iludido, Lascano. Faço meu trabalho. E? O plano é entregar isto, ir ao banco e sacar os dólares que encontramos com Ventura e ir dali para o Aeroparque pegar o primeiro avião para Iguazú. Cruzar a tríplice fronteira é um passeio. Depois, para onde você quiser. Brasil? Brasil. Bahia? Bahia.

Lascano estaciona o carro ao lado do monumento a Lavalle. Apoia um cartaz da Polícia Federal contra o para-brisa, atravessa a Tucumán correndo, ziguezagueando entre os ônibus. Desaparece por um momento na maré de advogados que pululam como aves. Reaparece na escadaria do Palácio da Justiça e volta a desaparecer entre as colunas. Eva sente o coração encolher e põe um Ray-Ban que encontra no porta-luvas.

Marraco está em seu gabinete realizando uma audiência. Lascano se senta em um dos bancos do corredor sobre o pátio. Abaixo, se encontra o conjunto de calabouços onde se alojam os acusados cada vez que têm que cumprir um trâmite judicial. Ali, os réus esperam, ansiosos, que venham buscá-los para conduzi-los, algemados, à vara, onde receberão a pena, a liberdade, ou tomarão conhecimento de que estão em apuros. Os presos ficam impacientes e nervosos nessas circunstâncias e circulam de um lado a outro nas celas, taciturnos e ensimesmados. Daí que esse lugar receba o nome de Cova dos Leões. O Cachorro está bastante quieto em seu banco, mas, por dentro, também dá voltas como um leão enjaulado. Passa uma hora até que, finalmente, o contínuo da vara lhe faz sinal para que entre. Marraco está sentado diante de sua escrivaninha, com seu aspecto lustroso de sempre e o perceptível mal humor que lhe produz a montanha de decisões, ordens, sentenças e despachos que tem para assinar em vez de estar jogando golfe. Lascano atira um envelope pardo grande em cima do processo que está lendo.

Que é isto? O caso Biterman. Resolvido. Bom, que eficiência. Se todos os policiais fossem como você... Me conte. Amancio Pérez Lastra é o assassino. Matou-o porque lhe devia muita grana. Biterman, a vítima, se defendeu. Amancio tem marcas no rosto e foi encontrada pele dele nas unhas do morto. Ahá. Horacio o entregou. O irmãozinho? Muito bem, acontecem coisas lindas numa família. E agora, a melhor parte. Vamos ver. O cadáver foi plantado no Riachuelo, junto aos dois garotos que o grupo de Giribaldi fuzilou. Por algum motivo, o major decidiu que mandaria retirar os corpos mais tarde. Mas, antes que o fizesse, um caminhoneiro se deparou casualmente com os mortos e fez a ocorrência. Me destacam para investigar, mas, antes que eu chegue, Amancio planta ali o cadáver de Biterman. Por isso, quando compareço ao local, em vez de dois, encontro três. O major Giribaldi deu a informação a Amancio, seus homens logo o fariam desaparecer como não identificado junto com os outros dois. E tem provas de tudo isso? Está tudo aí. Localizei também a arma do crime, uma 9 mm que Pérez Lastra empenhou no Banco Municipal de Empréstimos, os dados estão no envelope. Muito bem, Lascano, muito bem. Deixe tudo por minha conta. Amanhã, fazemos uma busca no domicílio de Pérez Lastra. Agora mesmo começo a trabalhar nisto. Na ordem, acrescente a apreensão do carro de Amancio: o cadáver foi transportado nele e é certo que deixou rastros. Não seria má ideia interditar a estância La Rencorosa, por via das dúvidas. Toda a informação está no envelope. De acordo.

O Cachorro só pensa em sair dali e voltar para Eva o quanto antes possível. Se despede rapidamente. Atravessa a porta do gabinete e dá de cara com o contínuo, que simula estar entrando. O menino lhe oferece um sorriso generoso, que Lascano retribui acariciando-lhe a cabeça.

Tchau, garoto, te cuida.

Na Morgue, Fuseli está terminando de guardar suas coisas apressadamente. De onde está, pode vigiar os portões por onde entra um Ford Falcon do qual descem dois homens. Sabe que são eles, que vieram buscá-lo. Joga a bolsa debaixo de uma mesa, se deita em cima e se cobre completamente com um lençol. Os caras entram, percorrem a sala e voltam ao portão. Fuseli os vê falando com o policial de guarda, que aponta para sua direita. Os assassinos saem à rua e viram em direção à Junín. Fuseli veste o paletó e saca seu relógio de bolso. Espera um minuto, que é o tempo que calcula que levaram para chegar à Administração, e sai.

Chaparro! Sim, doutor. Venha aqui um momento. Doutor, tem dois caras que estão te procurando. Sim, eu estava esperando, mas não sei onde terão se metido. Como não o encontraram, eu pensei que estava no 760. Me faça um favor, diga a eles que venham para cá. Espero-os na sala. Já estou indo. Obrigado.

O policial sai em disparada pela porta. Fuseli volta à sala rapidamente, recolhe sua bolsa e sai à rua. Sobe no primeiro táxi que passa. Quando chega à esquina, vê Chaparro regressando com os dois homens que o procuram.

Aonde, senhor? À estação Retiro, por favor.

A poucas quadras dali, Lascano volta a seu carro e dá a partida. Eva está muito serena em aparência, mas, por dentro, é o vulcão de Krakatoa cinco minutos antes da erupção. O Cachorro toma ar profundamente e se incorpora ao rio de lata que é o trânsito da Tucumán. Em minutos, estão na porta do banco. Lascano tira do bolso uma chave e a entrega a Eva.

O que é isto? É a chave de um cofre deste banco. Pergunte por Graciela, diga que é minha sobrinha e que precisa pegar algo. Traga toda a grana de Tony Ventura. Já volto.

Eva olha-o nos olhos e lhe dá um beijo que demora uns instantes, depois desce sem dizer palavra. Lascano a vê entrar no banco e se dirigir ao guichê. Pega um cigarro e o acende. O medidor de combustível informa que, na oficina, lhe aspiraram toda a gasolina do tanque; terá que abastecer logo, caso queira chegar a algum lugar. No banco, Graciela conversa com Eva, que se volta e lhe sorri. Está tudo bem. Graciela sai de trás do guichê e convida Eva a segui-la, ambas desaparecem por uma escada lateral rumo ao porão, onde fica o cofre. Um agente de trânsito se aproxima, senhor da situação, sacudindo um talonário de infrações na mão. Lascano dá uma larga tragada em seu cigarro e baixa o vidro. Não precisa dizer nada, nem se identificar para que o guarda se dê conta de que está diante de um superior. O Cachorro leva uma mão ao queixo e, com o indicador, lhe determina que se retire sem fazer perguntas. O agente segue seu caminho. Lascano o vê se distanciar pelo retrovisor. Na esquina, dobra um Falcon a toda velocidade. O coração lhe dá um susto e leva, instintivamente, a mão ao coldre. O Falcon se atravessa diante de seu carro, abrem-se as portas, dois homens descem rapidamente, pistola na mão, e começam a disparar contra ele. Lascano abre a porta, se atira na calçada e gira sobre seu próprio corpo, enquanto saca sua pistola. Os passantes saem correndo ou se atiram no solo. Lascano fica de pé num salto e, com a técnica do indicador paralelo ao cano, aponta para a cabeça do homem mais próximo e atira. O impacto o faz rodar, deixando-o de costas. O Cachorro, com tiro rápido, dispara mais duas vezes. A força dos balaços lança o homem contra o capô de um carro, ricocheteia e cai de boca no chão, como um saco de batatas. Quando Lascano vai mirar no segundo, sente como se lhe dessem uma pancada no peito e cai sentado no solo, atrás da porta aberta de seu carro. O cara que o baleou o perde de vista. Dá dois passos para trás, procurando-o para liquidá-lo. Quando torna a ver Lascano, este está apontando entre seus olhos. Sem hesitar, o Cachorro puxa o gatilho e lhe mete o projétil no meio da testa. O homem cai, fulminado, sobre o pavimento; suas pernas se estiram, num último espasmo. Uma pontada feroz perpassa o peito de Lascano, sua camisa começa a se empapar de sangue, sua vista se escurece, se sente muito cansado e cai de costas, em câmera lenta. Com a cara contra o chão, vê que, a poucos centímetros, o cigarro que estava fumando solta fumaça. Estira seu braço lentamente, recolhe-o, leva-o à boca e aspira profundamente. De súbito, começa para ele a noite.

Puta que pariu, como dói isto.

Ao redor de Lascano e dos outros dois caídos, começa a se juntar gente curiosa. Eva sai do banco agarrando sua carteira. Fica paralisada. O agente de trânsito regressa correndo, se agacha junto ao corpo de Lascano, coloca-lhe dois dedos na jugular e faz uma careta de desesperança. Nesse instante, uma viatura canta os pneus, freando junto a ele. Um oficial e um sargento se aproximam dos corpos e observam-nos como coisas. Dois policiais se ocupam de dispersar os curiosos. Do banco, sai Graciela, junto com outros funcionários. A bancária vê Lascano caído, parece reconhecê-lo e também Eva, congelada a seu lado, que reage e compreende que deve ir para longe dali imediatamente. Parte na direção contrária aos policiais, caminha até a esquina. Faz parar um táxi, sobe e lhe pede que leve-a ao primeiro lugar que lhe ocorre, o Rosedal[52].

Sentada diante do monumento a Sarmiento[53], Eva recorda os dois primeiros versos do hino escolar e cantarola como um lamento: *A luta foi tua vida e tua essência; a fadiga, teu repouso e calma.* E os repete mecanicamente, como um mantra, hipnotizada, quieta no banco da praça, com as pernas geladas. Assim fica durante horas, sem ver os casais que passam abraçados, os patos nadando nas águas estagnadas do lago, as glicínias despidas no caramanchão, os meninos que estão matando aula e disfarçam seus livros e guarda-pós[54] entre suas roupas, o guardião municipal manco e mal-humorado ou os temerários que ousam pedalar nessas estranhas balsas de lata por vinte pesos a hora. Nesse estado, Eva passa o resto do dia. Quando o sol inicia seu ocaso pelo lado do Hipódromo, fica de pé e começa a caminhar. Lentamente, a princípio, mas, à medida que avança, seus músculos começam a se aquecer, e ela, a apressar o passo. Passa correndo junto ao cavalo bobo de Urquiza[55], o Planetário, as pontes da estrada de ferro. Completa a volta ao fim da pista do Aeroparque, emboca pela Costanera, indiferente ao rio que enegreceu, e continua apertando o passo até que chega ao aeroporto, onde compra uma passagem no primeiro voo para Resistencia.

---

52 Jardim de rosas situado no Parque Tres de Febrero, nome oficial dos bosques do bairro de Palermo (N do T).

53 Domingo Faustino Sarmiento, publicista e político argentino do século XIX. Autor de *Facundo*, livro clássico de interpretação da sociedade argentina, e estruturador do sistema escolar público daquele país (N do T).

54 Na Argentina, uniforme secularmente usado pelos estudantes das escolas públicas primárias (N do T).

55 Justo José de Urquiza, caudilho rural argentino do século XIX, presidente entre 1854-60 (N do T).